古典詩歌研究彙刊

第八輯

龔鵬程 主編

第 20 冊

清常州詞派寄託説研究

張 苾 芳 著

國家圖書館出版品預行編目資料

清常州詞派寄託說研究／張苾芳 著 — 初版 — 台北縣永和市：
花木蘭文化出版社，2010〔民 99〕
目 2+152 面；17×24 公分
（古典詩歌研究彙刊 第八輯；第 20 冊）
ISBN 978-986-254-327-6（精裝）
1. 清代詞 2. 詞論
820.9307 99016404

ISBN - 978-986-2543-27-6

9 789862 543276

古典詩歌研究彙刊
第八輯 第二十冊 ISBN：978-986-254-327-6

清常州詞派寄託說研究

作 者 張苾芳
主 編 龔鵬程
總 編 輯 杜潔祥
出 版 花木蘭文化出版社
發 行 所 花木蘭文化出版社
發 行 人 高小娟
聯絡地址 台北縣永和市中正路五九五號七樓之三
電話：02-2923-1455／傳眞：02-2923-1452
網 址 http://www.huamulan.tw 信箱 sut81518@ms59.hinet.net
印 刷 普羅文化出版廣告事業
初 版 2010 年 9 月
定 價 第八輯 20 冊（精裝）新台幣 28,000 元

清常州詞派寄託説研究

張苾芳 著

作者簡介

張苾芳，48年次，台灣省宜蘭縣人。東海大學中國文學系學士，中國文化大學中國文學研究所碩士，現服務於德明財經科技大學通識教育中心，擔任專任講師。主要教授課程有「大學閱讀」、「大學寫作」、「中國現代文學導讀」、「孝經」等課程。

提　　要

　　常州詞派因倡寄託說，儼然成為清詞復古聲中之中流砥柱，嘉慶以來，詞家填詞、論詞，鮮有不受其影響者。至民初，詞道漸形式微，論詞之創作，雖不復往昔之生氣蓬勃，然論詞之鑑賞與評論，則未嘗衰歇。常州詞派有其旨歸與家法，初學者入乎其中，可得創作、鑑賞之道，浸淫日久，又可跳脫其樊籠，以另闢新境，誠有功於詞林。

　　本文研究以常州詞派「寄託說」觀念闡微為主線，以成員生平、學派淵源、創派經過、興起背景、當時學術思潮、影響與價值等多元面相為輔線。復尋求詞中寄託之事實以與理論相合參，以得出寄託說之真象。故本文研究目的有二：（一）闡發常州詞派寄託說之精蘊。（二）評估常州詞派寄託說之價值。

　　第一章　常州詞派寄託說之背景，及此派闡述寄託說之目的，以明寄託說受當時何種因素影響？及其影響為何？

　　第二章　常州詞派寄託說之啟蒙期，以為周濟寄託說之先鋒。此章包括論評張惠言詞學觀之用意與方法，並檢討張惠言詞學觀之得失。

　　第三章　常州詞派寄託說之建設期。本章以周濟寄託理論為主，並摻揉陳廷焯、況周頤之說法，目的在明瞭所謂常州詞派家法。此章為寄託說之外緣，包括寄託說之創作論、出入論、鑑賞論、內容論、門徑論及詞之寄託說當以廣、狹觀視之等問題。

　　第四章　此章闡述寄託說之內蘊，目的在掘發詞中寄託之真實現象，故包括寄託興起之因素、寄託現象之內因與特質、寄託興起之時機，並述及詞中寄託手法之運用，以明詞人託志之道。

　　第五章　此章綜合理論與事實，為常州詞派寄託說作一總檢討，並敍述寄託說對於日後詞學之影響，及寄託說於詞史上之地位與意義。

目

次

第一章　清常州詞派寄託說之背景與目的

前　言

　　本章為寄託說之外緣研究，在未進入正題前，先簡述常州詞派之淵源、形成經過及成員之生平。

　　常州開府，舊隸八縣，當時武進、陽湖二縣即可代表常州，故一般所稱常州，多指舊府治武進、陽湖二縣而言。此州人文蔚盛，學風樸質，與徽州、蘇州鼎足而三。清世常州學術，包括理學、經學、史學、文學，文學包括古文、詩、賦與詞。從整個常州學術視之，常州詞學僅為常州學術中之一小支。

　　常州詞派，由張惠言創始。據其弟張琦於《重刻詞選・序》中所云，嘉慶二年，張氏兄弟同館歙縣金榜家，金氏諸生金應城、金式玉雅好填詞，而當時人填詞多半「安蔽乖方，迷不知門戶」（《詞選・序》）。張氏兄弟因於此年校錄唐、五代、宋詞四十四家，一百一十六首，以成《詞選》二卷，由金氏諸生刊印。歙縣鄭掄元復錄張惠言、張琦、黃景仁、左輔、惲敬、錢季重、李兆洛、丁履恆、陸繼輅、金應城、金式玉、鄭掄元各家詞，附刊於《詞選》後，用誌今人詞亦「幾於古矣」（鄭掄元《詞選・附錄序》）之意。惠言於《詞選・序》力言不作

－1－

「雕琢曼辭而已」之無益事，以害「感物而發，觸類條鬯、各有所歸」之有益學，以為詞需以立意為宗，以協律為末，所謂有比興，有寄託，方可言詞，故又拈出「深美閎約」、「幽約怨悱」樹義極高之旨，並作「義有幽隱，並為指發。幾以塞其下流，導其淵源。無使風雅之士，懲于鄙俗之音，不敢與詩賦之流同類而風誦」此一大聲鏜鞳之論。《詞選》出，人人爭相乞刻。道光十年，曾重刻《詞選》，以應同道之需。同年，張琦外孫董毅補前選過嚴之失，而有續詞選。當時人爭相傳閱，由此可見。當時共襄盛舉者，除上列諸人外，尚有周儀暐、魏襄、蔣學沂、董士錫、趙植庭、錢相初、楊士昕、董基誠、董佑誠、管貽葆、方履籛、楊傳第、陸耀遹等。〔註1〕張氏兄弟校錄《詞選》，初僅為示金生之用而流播友朋之間，至此時，遂如風起雲湧，儼然成一派別。其間亦曾一度聲勢減弱，潘曾瑋曾云：「沿襲既久，承學之士，忽焉不察，余甚病之，嘗欲舉張氏一書，以正今之學者之失，而世之人顧弗好之也。」〔註2〕由此看來，莫非當時人已漸見張選之失？幸賴後繼有人，宗風不滅。周繼起而恢拓常州門庭，再造後浪聲勢，常州詞派至此方能如江水滾滾，暢流無阻。

　　嘉慶元年，周濟年十六，始學為詞。九年，從張惠言甥董士錫共議詞學，相互切磋，獨具隻眼，曾敍其填詞態度曰：「慎重而後出之，馳騁而變化之，胸襟醞釀，乃有所寄。」〔註3〕嘉慶十七年，因成《詞辨》十卷，以昭炯戒。道光十二年，編《宋四家詞選》，於序論中曾言：「余少嗜此，中更三變，年逾五十，始識康莊，自悼冥行之艱，遂慮問津之誤，不揣娩陋為察察言。」周濟歷經千山萬水，其詞學觀至此已大致底定，「寄託」二字亦正式被標出，此時寄託說已具有充實之內容，已不復如張惠言時期僅為觀念之呼籲。因張惠言倡發於

〔註1〕見張季易《清代毗陵名人小傳稿》，卷五〈陸繼輅小傳〉。
〔註2〕見潘曾瑋《周氏詞辨・序》，此序作於道光廿七年，距張惠言編《詞選》已有五十年之久。
〔註3〕見譚獻《篋中詞》。

前，周濟恢宏於後，常州詞派遂能爲後人所讚揚。

　　繆荃蓀，愛鄉之人也，編有《國朝常州詞錄》，頗推崇常州詞派，
其言云：

> 國朝詞家，推吾州爲極盛……皋文晚出，探源李唐，止菴
> 和之，遂臻正軌，極意內言外之旨，推文微事著之原。比
> 傅景物，張皇幽渺。約千篇爲一簡，麼萬里於徑寸，上之
> 則小雅之怨悱、離騷之俶詭，次之亦觸類修營，感物流連。
> 予懷信芳，結想斯遠，眞樂府之揭櫫，詞林之津逮也。子
> 居、季重同學，識其苦心，晉卿申受及門，演其墜緒。讀
> 江都之續選，具有典型，聆山陽之異議，何損豪末？海內
> 正宗，於斯爲盛，淵源授受，師承可表。

　　茲將此派重要成員簡述於後，以爲知人論世之資。

　　張惠言，字皋文，武進人。生於乾隆廿六年，卒於嘉慶七年。官
至翰林院編修。爲人和易，重然諾。惲敬於所撰墓誌銘傳其口曰：「文
章末也，爲人非表裏純白，豈足爲第一流哉！」又云惠言鄉試時出朱
文正公珪門下，而「未嘗求私見，以所能自異。珪潛察得之，則大喜，
故履進達之，而皋文斷斷以善相諍，不敢隱。」其人品由此可見。惠
言工篆書，早年爲辭賦，惲敬曾歎爲自相如、枚乘以來，二千年難得
一見之大家。壯年爲古文，方歎古文乃學道之始。其文「瑟若圭瓚」，
〔註4〕別具一格，惠言又能博融漢宋諸儒傳注之長，「故一時言六藝者
折衷焉。」〔註5〕晚年則「求天地陰陽消息于易虞氏，求古先聖王禮
樂制度於禮鄭氏。」〔註6〕主要論著有《茗柯文集》、《七十家賦鈔》
及闡發易義之書九種，並有《茗柯詞》一卷。

　　張琦，字翰風，號宛鄰，又號默成居士，陽湖人。生於乾隆廿九
年，卒於道光十三年。《清史列傳》載其爲一循吏，所至政績斐然，
輒有聲聞，與其兄皋文同校錄《詞選》。主要論著有《宛鄰文集》，並

〔註4〕見阮元〈張皋文傳〉，引自《國朝耆獻類徵初編》。
〔註5〕見吳德旋所撰〈張皋文先生述〉，引自《國朝耆獻類徵初編》。
〔註6〕見張惠言〈文稿自序〉，《茗柯文集》載。

有《立山詞》。

黃景仁，字仲則，自號鹿非子，武進人。生於乾隆十五年，卒於乾隆四十八年。於乾隆四十一年召試二等。以詩聞於世，其詩之特色在「瑰奇曠逸」。〔註7〕少偕洪亮吉效漢魏樂府體，後遊學於邵齊燾。常恨其詩無幽并氣，故徧覽九華、匡廬、彭蠡、洞庭之勝，以山川精靈蓄勵己氣，「每獨往名山，經日不出，值大風雨或暝坐厓樹下，牧豎見者以爲異人。」〔註8〕王昶於〈黃子景仁墓誌銘〉曰：「仲則自云其爲詩，上自漢魏，下逮康宋，無弗效者，疏瀹靈腑，出精入能，刻琢沈摯，不以蹈襲剽竊爲能，詞出入辛、柳間，新警略如其詩。」有《竹眠詞》三卷。

左輔，字仲輔，一字薲友，號杏莊，陽湖人。生於乾隆十六年，卒於道光十三年。乾隆五十八年進士。官至湖南巡撫，亦有惠績。左氏羽翼張說，有播傳宗風之貢獻。有《念宛齋詞》一卷。

惲敬，字子居，號簡堂，武進人。生於乾隆廿二年，卒於嘉慶廿二年。爲人負氣，矜尚名節。吳德旋於〈惲子居行狀〉載其爲政：「無所瞻狗，所至輒忤上官，卒以此坐事。」又謂其「論學貴正而不執」。少好爲齊梁駢儷之作，稍長，棄去之而學古文。其學古文，採鞭辟入裏法，始由桐城派入手，而後覺不足，故上溯明、宋、唐、漢、秦，自司馬子長下無北面。惲氏博融先秦九家，史學及禪理，上下冶之於一爐，故其文能跳脫桐城家法，而與皋文同爲陽湖古文領袖。主要論著有《大雲山房文集》，並有《蒹塘詞》

錢夢蘭，字季重，號黃山，陽湖人。生年未詳，卒於道光元年。有《黃山詞》。

李兆洛，字申耆，武進人。生於乾隆卅四年，卒於道光廿一年。工詩與古文，倡駢散合一論。輯有《駢體文鈔》一書，於序略曰：文之體格遷變，乃人與天合參，故由體格之遷變，可以知世焉。細繹之、

〔註7〕見載於《光緒武進陽湖縣志》。
〔註8〕見洪亮吉〈黃景仁行狀〉，引自《國朝耆獻類徵初編》。

即知文論世之說。主要論著有《養一齋文集》，並有《蝸翼詞》一卷。

丁履恆，字若士，武進人。生於乾隆卅五年，卒於道光十一年。以詩、文享盛名，為學不持漢宋門戶，頗好經世致用之學。有《宛芳樓詞》詞二卷。

陸繼輅，字祁孫，號霞莊，陽湖人。生於乾隆卅七年，卒於道光十四年。政績甚得時譽。李兆洛於所撰墓誌銘載其為人不肯輕涉世事，惟「肆力於詩，清溫多風，如其人也。」其姪耀遹亦引伸張說，時稱二陸。主要論著有《崇百藥齋詩文集》，並有《清鄰詞》一卷。

董士錫，字晉卿，一字損甫，武進人。生於乾隆四十七年，卒於道光十年。從其舅皋文學古文、賦、詩、詞，尤精於虞仲翔易義。主要論著有《齊物論齋集》，並有《齊物論齋詞》一卷。

周濟，字保緒，一字介存，號未齋，晚號止葊，荊溪人。生於乾隆四十六年，卒於道光十九年。少與同郡李兆洛、涇縣包世臣相切劘於經世之學，其與包世臣同為吳中有裨世用者。持論好出己見，好讀史與兵略。其人特立不羈，廷對時，則倡言天下事而不諱。主要論著有《說文字系》四卷，《晉略》八十卷。又錄唐以來之詞為《詞辨》十卷，毀於水，追憶僅錄出正變二卷。編有《宋四家詞選》四卷。著有《介存齋論詞雜著》。別有《味雋齋詞》、《止齋詞》各一卷。

此外，金應珹，字子彥，有《蘭移詞》。金式玉，字朗甫，有竹鄰詞。鄭掄元，字善長，有《字橋詞》。

總上可見，常州詞人多生存於乾隆、道光間，籍貫多隸武進、陽湖二縣。論關係則為兄弟、為甥舅、為師生、為友朋，此即地域文學之特色。地域文學即愛鄉文學，常州詞派於此關係下互傳宗風，互勵互砥，以情誼特深，向心力又強，終至蔚為詞壇之巨流。又此派成員皆品卓格高、特立獨行、不拘個性之士，為政為學，均可見大擔負，故立論多能創建新章，為學亦不主故常。常州詞人多以經學、古文、詩、賦卓然成為大家，詞則眾學中之小者，然而如張、周二氏詞論，高明新穎，叱咤四方，是真有風行草偃之勢。故曰：常州詞學，特立

之學也，若無皋文、周濟等特立獨行人士之恢倡，其說恐無法掃空橫絕於當時。

此派由數人揭櫫，數人影從。有數篇重要議論，如張惠言《詞選・前序》、金應珪《詞選・後序》、周濟《宋四家詞選・序論》、《詞辨・自序》。乍看此派形成，似極平凡、不易探索出此派形成之因素，事實則不然。梁啓超於《清代學術思想變遷之大勢》第八章云：

> 有清二百餘年之學術，實取前此二千餘年之學術，倒捲而
> 繹演之，如剝春筍，愈剝而愈近裏；如啖甘蔗，愈啖而愈
> 有味，不可謂非一奇異之現象也，此現象誰造之？曰：社
> 會周遭種種因緣造之。〔註9〕

梁氏所言，乃泛指清代學術之奇異現象，以文學中之詞學理論而言，常州詞派寄託說之興起，亦「社會周遭種種因緣造之」之必然結果。茲將有關寄託說之種種因緣紋之於後，以明當時之時代背景。

第一節　清常州詞派寄託說之背景

一、清初復古風氣之影響

整個有清學術即是作復古救蔽之工作，尤以針對明末「河決魚爛，敗壞而不可救」〔註10〕之文蔽，愈發顯示清初復古風氣之隆盛與重要，此即常州詞派興起時之學術環境。常州詞派負有振衰起蔽、復興詞道之責任。開清代復古風氣之先者，當以錢謙益爲大家。先生字受之，號牧齋，江蘇常熟人。後來復古者之態度與方法，多受先生之啓示，故此處所闡者以牧齋之論爲主。

清人復古態度，可以「溫故知新」、「摧陷廓清」、「實事求是」三端加以說明。「溫故知新」，即舊學新闡；「摧陷廓清」，即先破壞而後建設之精神擔當；「實事求是」，即名非浪得之專務精神。三者非獨表

〔註 9〕原刊於《新民叢報》，此據梁啓超《清代學術概論》書前序言而引。
〔註10〕見錢牧齋《賴古堂文選・序》，《有學集》卷十七。

現於經術，亦且表現於文學。即以常州詞派而論，此派言詞有比興寄託，其觀念即自宋詞寄託事實而來，並非嶄新之創見，然經張惠言、周濟溫故而知新，寄託事實中之精蘊始克愈剝愈入裏。至於此派所具「摧陷廓清」之精神，可從其反浙派、陽羨派之氣魄上見出。而清人「實事求是」之態度，表現於清人之詞論上，愈發顯其認眞之態度。王易於《詞曲史・振衰第九》中云：

> 清則不然，樸學日昌，品節日勵。亭林、梨洲、船山、夏峯之倫，或湛深經術，或冥索性天，餘力及於詞章，大聲覺其聲聵。流風所被，朝氣所驅，俾知名非浪得，學必探源。雖在填詞度曲之微，亦有厚薄深淺之等。遂乃各植根柢，務造精深。淺學者不足以成名，高才者無所用其滿。稽其所詣，洵足以振明代之衰，而發詞林之闇矣。

詞於清世，雖曰復興，然猶是清代學術中一小支，其學雖微，而莫不尋根振葉，全力以赴，因知清代學者實事求是之態度，實攸關詞之命運。其中以常州詞派專務精深、態度嚴肅，故能扭轉當時詞壇風氣。

　　因受「溫故知新」態度之影響，當時學術多趨向於新舊調和之路線。清初學術所採之新舊調和觀，若落實以言之則爲何？牧齋先生於〈答山陰徐伯調書〉中云：

> 僕以孤生謏聞，建立通經汲古之說，以排擊俗學，海內驚諤，以爲希有，而不知其郵傳古昔，非敢創獲以譁世也。（《有學集》卷三十九）

求「通經汲古」，並非食古不化，亦非譁眾取寵，實寓涵繼往開來之意，清初學者普遍具此主張。〔註11〕此雖爲牧齋之文論，然亦影響及於其論詩。因詩與詞較相近，故以下即從牧齋論詩之態度以明瞭詩中如何求「通經汲古」。「通經」，旨在援經學以正文心，而「汲古」之用，於清代復古風氣中，益發見其意義之大。蓋前人之復古，如宋之嚴羽，如明之七子、竟陵等輩，非不知復古之重要，然僅復古至某一文體之

〔註11〕見郭紹虞《中國文學批評史》下卷，第四篇第一章。

宗主即戛然而止，並不溯其所出，如牧齋於《賴古堂詩‧序》即云：

> 滄浪之論詩，自謂如那吒太子拆骨還父、拆肉還母，而未
> 嘗探極于有本。謂詩家玲瓏透徹之悟，獨歸盛唐，則其所
> 矜詡為妙悟者，一知半解而已。(《有學集》卷十七)

前人徒有復古之心而不能復興古道，多因未能直探本源，故「汲古」
必需沿波討源、窮源溯流。清代學者探取本源，即孟子離婁篇「原泉
混混」之意。牧齋「通經汲古」法，不僅為一方法義，亦涵「尊本於
先，則體自尊於後」之目的義，牧齋又於《徐元歎詩‧序》云：

> 自古論詩，莫精於少陵別裁偽體之一言。……先河後海，
> 窮源溯流，而後偽體始窮，別裁之能事始畢。雖然，此蓋
> 未易言也，其必有所以導之。導之之法維何？亦反其所以
> 為詩者而已。書不云乎？「詩言志，歌永言」，詩不本於言
> 志，非詩也，歌不足以永言，非歌也。宣己諭物，言志之
> 方也；文從字順，永言之則也。(《初學集》卷卅二)

將後世之詩歸本於詩三百，無非欲人浸潤性靈於「真誠」中，所謂有
誠乃有文也。清人論詩主風、騷，非欲人學風、騷草木鳥獸之表，乃
欲人學風、騷真誠之裏也。[註12] 若出現性靈汩沒而無誠之作，則需
區別良莠，以嚴真偽。求積極之道於溯本窮源，求消極之道於別裁偽
體，二法若能相濟為用，文體方可保萬古長青，此即牧齋所欲示人探
學之道。先河後海，區別真偽，看似二事，實則一事耳，杜子美不有
詩云：「別裁偽體親風雅」。

　　詞因其體近詩之故，故當時詞壇亦披靡此復古風氣下。有自音樂
觀點溯詞至三代、兩漢者，有因詩詞旨歸相同，故溯詞至詩三百、騷
二五者。類此議論，不必惠言率先登高一呼，蓋常州詞派前已有人
言，此輩觀念，皆可以許宗彥《蓮子居詞話‧序》中之語概括之：

　　皆隨音律遞變，而作者本旨無不濫觴楚騷，導源風雅，其趣一也。

惠言溯風、騷所本之觀念為何？其《詞選‧序》云：

[註12] 見錢牧齋《虞山詩約‧序》，《初學集》卷卅二。

　　詞者，蓋出于唐之詩人，採樂府之音，以制新律，因繫其
　　詞，故曰詞。傳曰：意內而言外謂之詞。其緣情造端，興
　　於微言，以相感動。極命風謠里巷男女哀樂，以道賢人君
　　子幽約怨悱，不能自言之情，低徊要眇，以喻其致。蓋詩
　　之比興，變風之義，騷人之歌則近之矣。

觀此，可知張惠言亦循音樂〔註13〕、旨用二路而溯詞入風、騷（大抵
偏重旨用上言）。又張惠言《詞選・序》末曰：

　　後進彌以馳逐，不務原其指意。破析乖刺，壞亂而不可紀。
　　故自宋之亡而正聲絕，元之末而規矩隳，以至于今四百餘
　　年。作者十數，諒其所是，互有繁變，皆可謂安蔽乖方，
　　迷不知門戶者也。今第錄此篇，都爲二卷，義有幽隱，並
　　爲指發。幾以塞其下流，導其淵源，無使風雅之士，懲于
　　鄙俗之音，不敢與詩賦之流同類而風誦之也。

後世之詩與風雅之詩同體，詞則詩之分支，故張惠言溯詞入風、騷，
正有《禮記》「祭川者先河而後海，重其源」之意。至於別裁僞體，
常州詞家亦出大力焉，如惠言裁蕪留眞，僅編百有十六首之《詞選》，
周濟編《宋四家詞選》，更是「雅俗有辨」、「眞僞有辨」（《宋四家詞
選・序論》）。余以爲清人倡論一切詩文詞賦，氣魄磅礡，莫之能禦，
與復古救蔽風潮有莫大之關係。

　　此外，如錢牧齋倡「轉益多師是女師」（杜子美語）、周濟亦有希
王、吳、辛、周之轉益多師法，又如當時詩風主溫柔敦厚、主肌理說
〔註14〕等，常州派亦有類此之論調。此派雖非直接受此風氣影響，然

〔註13〕李兆洛《朱橘亭詞稿・序》曰：「詞之源出於樂，於三代爲詩，於漢
　　　　爲樂府，……此吾友張皋文先生《詞選》之所爲作也。」
〔註14〕詩論如翁方綱主肌理說；詞論則郭紹虞〈肌理說〉一文，以爲周濟
　　　　所說「感慨所寄，不過盛衰。……詩有史，詞亦有史，庶乎自樹一
　　　　幟矣。」與「初學詞求空，……仁者見仁，知者見知」一段，即爲
　　　　詞壇之肌理說，又以爲「所謂『精力瀰滿』即是正本清源之法的作
　　　　用；所謂『指事類情，仁者見仁，知者見知』，又是窮形盡變之法的
　　　　作用，所以也不外於肌理之說。即其講鍼鏤，講鈎勒，講片段，講
　　　　離合，也還是肌理說中注意的問題。」見《國文月刊》第四十三、

可顯示當時文壇、詩壇、詞壇在基本觀念上已漸趨沆瀣一氣，蓋詩、文、詞「萌折於靈心，蟄啓於世運，而苗長於學問」，〔註 15〕常有相通之處，原不必因體而異。故法之運用，可轉相灌注於各體，清學者皆能普遍存此觀念，此即論詩、論詞可相借助之妙義。對「明一法即明一切法」之觀念，此處可舉一例言之，張惠言《茗柯文集二編》卷下，有〈送錢魯斯序〉，載魯斯告惠言之語云：

> 吾曩於古人之書，見其法而已。今吾見拓於石者，則如見其未刻時；見其書也，則如見其未書時。夫意在筆先者，非作意而臨筆也。筆之所以入，墨之所以出，魏晉唐宋諸家之所以得失，熟之於中而會之於心。當其執筆也，縣乎其若存，攸攸乎其若行，冥冥乎，成成乎，忽然遇之而不知所以然，故曰意。意者，非法也，而未始離乎法；其養之也有源，其出之也有物。故法有盡而意無窮。吾於爲詩，亦見其若是焉？豈惟詩與書，夫古文亦若是則已耳。

欲由書法開詩法、古文法，然則亦可開詞法也。常州詞派言寄託之思筆，正與魯斯之言不謀而合，觀周濟及其後陳廷焯、況周頤論寄託之思筆，即可得到證明。

在一片整頓詩文風潮下，張惠言等人論詞之態度，或闡述寄託說之基本方法，必亦深受此復古風潮之影響。

二、張惠言家學之影響

爲學當發揮「一以貫之」之精神，從此一角度而言，闡一體之法，又可爲闡眾體之法。本此觀念，或能循此思索而得出張惠言論詞方法之緣起。惠言雖倡大境界之詞，然於此之前，早已因經學、古文而著明，且經學、古文又爲其專詣，因而，余以爲惠言爲學必有一整體性、涵蓋性之基本論，而其論詞必亦包蘊於此涵蓋性之觀念中。

試觀張惠言於其《文稿·自序》之自白：

四十四期合刊，又見郭紹虞《中國文學批評史》下卷第五篇。
〔註15〕見錢牧齋〈題杜蒼略自評詩文〉，《有學集》卷四十九。

　　余友王悔生見余《黃山賦》而善之，勸余爲古文。……爲之
　　一、二年，稍稍得規榘。已而思古之以文傳者，雖于聖人有
　　合有否，要就其所得，莫不足以立身行義施天下，致一切之
　　治。荀卿、賈誼、董仲舒、揚雄以儒；老聃、莊周、管夷吾
　　以術；司馬遷、班固以事；韓愈、李翱、歐陽修、曾鞏以學；
　　柳宗元、蘇洵、軾、轍、王安石雖不逮，猶各有所執持，操
　　其一以應于世而不窮，故其言必曰道；道成而所得之淺深醇
　　雜，見乎其文；無其道有其文者，則未有也。故迺退而考之
　　于經，求天地陰陽消息于易虞氏，求古先聖王禮樂制度于禮
　　鄭氏，庶窺微言奧義，以究本原。（《茗柯文集三編》）

惠言爲古文之道，在求與經術相結合，阮元因謂惠言「以經術爲古
文」。〔註16〕經學本身爲致用之學，「以經術爲古文」時，經學便成爲
一指導之學。以此角度視之，則惠言《詞選・序》亦寓有「以詩道指
導詞道」之用意，細繹其《文稿・自序》與《詞選・序》，不難發現
二文在行文語氣及觀念上，簡直同其聲氣，茲將相似之處列出，即可
明其相通性：

　　已而思古之以文傳者，雖于聖人有合有否，要就其所得，
　　莫不足以立身行義施天下，致一切之治。（《文稿・自序》）

　　然以其文小，其聲哀。放者爲之或跌蕩靡麗，雜以昌狂俳
　　優，然要其至者，莫不惻隱盱愉，感物而發，觸類條鬯，
　　各有所歸，非苟爲雕琢曼辭而已。（《詞選・序》）

二文皆以爲文、詞殆有未臻善詣者，然作者眞用意處卻不可廢。

　　荀卿、賈誼、董仲舒、揚雄以儒……無其道而有其文者，
　　則未有也。（《文稿・自序》）

　　張先、蘇軾、秦觀、周邦彥、辛棄疾、姜夔、王沂孫、張
　　炎，淵淵乎文有其質焉。其盪而不反，傲而不理，枝而不
　　物，柳永、黃庭堅、劉過、吳文英之倫，亦各引一端，以
　　取重于當世。（《詞選・序》）

〔註16〕見張惠言《茗柯文集正編・阮元序》。

二文以爲文、詞二體，皆需以質厚爲歸。

> 庶窺微言奧義，以究本原。……然余之知學于道，自爲古
> 文始。(《文稿・自序》)

> 義有幽隱，並爲指發。幾以塞其下流，導其淵源，無使風
> 雅之士，懲于鄙俗之音，不敢與詩賦之流同類而風誦之也。
>
> (《詞選・序》)

一推崇古文，而推古文爲爲道之始；一推崇詞，而求與詩賦同誦，皆
有抬高文、詞地位之意。

　　觀以上所述，知惠言爲古文之道，即「以經術爲古文」之道，而
惠言爲詞之道，亦有「以詩道爲詞道」之意。詩道本爲獨立之學，詞
與詩結合時，詩道又爲詞道之根源，此即「以詩道爲詞道」之意。余
以爲惠言論詞之比興寄託，援風騷而欲上舉詞之用，與其爲古文，援
經學而欲上舉古文之用，其態度與方法當無殊轍，故曰惠言家學必有
一整體性、涵蓋性之觀念，其論詞亦然。從小處看，惠言有爲經、爲
文、爲詞一以貫之決心；從大處看，亦是清代學術於爲經、爲文、
爲詩、爲詞上一以貫之決心。

　　以下則言惠言爲學方法中，曾具體影響及於寄託說之因素。劉師
培於〈南北學派不同論〉一文中曾云：

> 故常州學者說經必宗西漢，解字必宗籀文，摧拉舊說，以
> 微言大義相矜。〔註17〕

若謂「微言大義」乃常州學風普遍之特徵，則惠言闡易學，可爲常州
學風特徵之縮影。

　　惠言學歸六經，精通《易》學，其學《易》乃承襲惠棟而來，但
又自樹己見。惠言說《易》，以宗虞翻（東漢會稽餘姚人）《易》學爲
主，並佐以鄭玄、荀爽之說。虞氏易所承何自？「即傳漢孟氏易矣，
孤經絕學也。」〔註18〕孟氏、虞氏闡《易》之方法爲何？惠言於《周

〔註17〕見《國粹學報》第七期。
〔註18〕見阮元所撰〈張皋文傳〉，引自《國朝耆獻類徵初編》。

易虞氏義‧序》曾云：

> 孟喜傳《易》家陰陽，其說《易》本于氣，而後以人事明
> 之，八卦六十四象，四正七十二候，變通消息，諸儒皆祖
> 述之，莫能具當。……唯翻傳孟氏傳，……翻之言《易》，
> 以陰陽消息六爻，發揮旁通，升降上下，歸於乾元用久而
> 天下治。依物取類，貫穿比附，始若瑣碎，其及沈深解剝，
> 離根散葉，暢茂條理，遂於大道，後儒罕能通之。

董士錫學《易》於惠言，亦有《易》「本之天道，要歸人事」，及「若
夫消息者，洵盛衰之象，治亂之幾哉」〔註19〕之語。《易》學，即「以
不變應萬變」之學也，依象而衍義，象惟一，而義則可複。章學誠於
《文史通義》之《易教下》謂：「《易》象雖包涵六藝，與《詩》之比
興尤爲表裏」，〔註20〕可見比興與《易》象有極近似處。惠言頗愛「微
顯闡幽」，所欲「窺微言奧義，以究本原」者，又爲發揮人事極畢其
奧之虞氏易，故惠言自然亦欲發揮人事之用。〔註21〕詞之比興寄託原
即供人蘊藏人事，鑑賞者微顯人事，原不悖比興寄託之用意。然而闡
《易》者多牛以有意之心比附人事，此在以「用」爲宗旨之《易》學
而言，比附貫穿，正見其用，然而比附貫穿，卻不一定適合運用於詞
中（用之於鑑賞猶可，用之於考證則不可）。觀惠言評溫庭筠詞即可
明瞭，何以「照花」四句必「離騷初服」之意？解詞若此，可信已深
中孟、虞二氏「依物取類，貫穿比附」之惡道。惠言解詞，顯然與闡
《易》有莫大關聯。

三、政治之影響

自滿人入關後，漢民族即不斷喧騰「尊王攘夷」之口號。明人嚴

〔註19〕前引見董士錫《易象賦‧序》，後引見董士錫《易消息賦‧序》。

〔註20〕居乃鵬之〈周易與古代文學〉一文，以設象辭，紀事辭，占斷辭說
明易學如何發揮人事，可參之。見《國文月刊》第七十四期。

〔註21〕張惠言以爲虞氏「人事雖見說，然略不貫穿」《虞氏易事‧序》，
故欲釋其凝滯，表其大旨，因作《虞氏義》九卷、《虞氏消息》二卷，
究其實，亦不過以己見排他人之見耳。

華夷分辨，重民族氣節，明末清初之學者，如顧亭林、黃宗羲、朱舜水等，或潛居草野，以講學終生，或飄泊海外，傳播思想，彼等絕不因清朝有心徵聘博學隱逸之士，而屈辱異朝之下，一般士子或不能如前數子不事二姓，然皆深植排滿心理於其心。滿人以關外少數民族，欲統治文化、思想處處超勝滿人數百倍之漢民族，自必多方限制漢人，以求鞏固清初國本，反清與排漢，遂如水火難相容，雖乾隆皇帝布告天下曰：

> 人主君臨天下，普天率土，均屬一體，無論滿州、漢人，
> 未嘗分別。……至於用人之際，量能授職，惟酌其人地之
> 相宜，更不宜存滿漢之成見。(引自《清代通史》一書)

口口聲聲滿漢一家，實則陽奉而陰違之。有權即有勢，漢人鹿死誰手，自不待言。滿、漢二族適必爆發爭端，表現於政治、經濟上，則爲地方民亂之滋事，與各地經濟之蕭條；表現於學術文化上，即爲企圖懷柔士子，懷柔不成，則撕破假面具而大興文字獄，懷恩威互施之統治心術。

文字獄之興，以康熙、雍正、乾隆三朝爲最，此一罪行，正暴露出統治者心態之不平衡，且文字獄有愈演愈熾之勢，然則，流治者內心之怖慄，亦不言可喻。茲舉數項被定讞之文字獄說明如下：

初期因刊布明史，眷戀故國，或排斥滿清，異謀悖亂而定讞之文字獄，較著名者，有康熙莊廷瓏明史獄、戴名世南山集獄、雍正朝之呂留良與曾靜之獄，其間雖不乏株連三族，殃及池魚〔註22〕之恨，然宣揚明史，牴忤清室，而爲統治者所不容，亦是可預料之事，故以上諸人因排滿思漢而死，死亦無憾矣。然如乾隆朝，舉凡詩文中有引而失當，正中清人觸諱之心者，其事若小，則遭貶官，其事若大，則遭處死，如盛京禮部侍郎世臣詩彙中有「霜侵鬢朽歎途窮」、「秋色招人嬾上朝」、「半輪明月西沈夜，應照長安爾我家」之句，又如全祖望有「爲我討賊清乾坤」〔註23〕之語，此皆無心之過，竟禍及於身，其間

〔註22〕莊廷瓏之獄，係歸安知縣吳之榮遭罷官，爲求將功折罪而告發之，之榮素怨南潯富人朱佑明，竟誣指朱氏即《明史》原作者朱國楨，並誅朱氏五子。

〔註23〕此指「討賊」二字加於「清」字上之觸諱。以上諸語皆引自蕭一山

多有無端差排之恨。喜以言語文字責人，正暴露出統治者心態之不平衡。〔註24〕乾隆文網之密，確實在前二朝之上，彼時天下承平，即或文人騷客偶而抒發胸中壘塊，留有似是而非之語句，又豈能撼動清帝之江山？故當時御史曹一士曾上疏曰：

> 述懷詠史，不過詞人之習態，不可以援古刺今。即有序跋，偶遺紀年，亦或草茅一時失檢，非必果懷悖逆，敢於明布篇章。使以此類，悉皆比附妖言，罪當不赦，將使天下告訐不休，士子以文爲戒。……臣竊謂大廷之章奏，尚捐忌諱，則在野之筆札，焉用吹求。……嗣後凡有舉首文字者，苟無的確蹤跡，以所告本人之罪，伊律反坐，以爲挾仇誣告者戒。庶文字之類可蠲，告訐之風可息。

風吹草動，清室即有風聲鶴唳之驚，龔自珍因有「避席畏聞文字獄」之詩句，由此可知，當時文士出筆戰戰兢兢，深懼爲文網所攖。

　　方此清官追察失實，清廷恩威互施時，文人學士之出路僅有二途，或鑽研章句，締造其名山偉著，以流傳於百世；或正中乾隆羈縻文士以修四庫，並借機消耗文人雄心壯志於故紙堆之計。郭伯恭《四庫全書纂修考》第一章曰：

> 蓋高宗遠鑒於明末述作，關於遼事者之眾多，近察於漢人反清觀念深植於社會，於是乃藉「弘獎風流」、「嘉惠後學」爲名，一方面延攬人才，編纂四庫，使其耗精散神於尋行數墨之中，以安其反側；一方面藉收書之機會，盡力搜集漢人數千年以來之典籍、凡不如己意者，悉使之淪爲灰燼。此高宗編纂《四庫全書》之唯一政治作用也。

除此一途，則寄託胸中壘塊於吟哦唱酬聲中，朱彝尊於《陳緯雲紅鹽

《清代通史》第一篇第一章「朋黨及詩讞」。

〔註24〕《嘯亭雜錄》謂：「胡閣學（中藻）爲西林（鄂爾泰字）得意士，以張黨（按：指張廷玉）爲寇仇，多譏刺，上正其罪誅之，蓋深惡黨言，非以言語文字責人也。」胡氏一案，只可作爲一獨立案，乾隆朝確實有以言語文字責人之實，且乾隆帝表面爲消弭滿、漢二黨成見，骨子裏實深怕二黨相爭，恐於清室不利，正暴露出統治者處心積慮之心理。

詞・序》云：

> 善言詞者，假閨房兒女子之言，通之於離騷、變雅之義，
> 此尤不得志於時者所宜寄情焉耳。（《曝書亭集》卷四十）

則酒闌舞榭，歌筵紅粉間，「落拓江湖」、「空中傳恨」〔註25〕之寄託，
莫不留有時代之陰影在內。郭麐，亦浙派詞人，有買陂塘寄都下諸故人
詞云：「但寄語燕臺，酒人相見，有口且深閉」，深閉者何？一切之炎
涼世態，然而不可禁者，騷人墨客難以澆息之愁壘，此即乾隆年間浙
派詞人之心靈寫照。浙派詞人直接默認此無可奈何之時代，故讀其詞
作，常有意氣蕭疏之感，加以此派重視字句之雕琢，轉相循環，遂日
漸斲喪詞人之眞性，亦加速浙派詞窮途末路之來臨，陳衍於《小草堂
詩集・敍》中云：

> 道、咸以前，則攝於文字之禍，吟咏所寄，大多模山範水，
> 流連景光，即有感觸，決不敢顯然露其憤懑，間借咏物咏史，
> 以附其比興之體，蓋先輩之矩矱類然也。（《石遺先生文集》四）

文學乃時代之產物，斯言不假。

　　常州詞家多生於乾隆、道光間，親睹文網漫佈，文人下筆莫不檢
字審句，以求苟全性命，故胸中若存鬱鬱騷情，必需以鑿險縋幽之方
式寄託之，觀常派詞人出語方式，即知乃仿效王沂孫《花外集》而來，
碧山詞作「聲容調度」間「一一可循」（《宋四家詞選・序論》）時代
之影，常派詞作曲藏詞心，因花怨喟，自必亦有異曲同工之妙。設若
放情聲玩，乃騷人墨客消極逃難之法，則寄託淵深，又豈非因時感憐，
慨憤油然生於胸臆，但又不敢出以公然宣洩之積極遣懷方式。常派詞
家非特不默認此無可奈何之時代，甚且面對時代，關懷時代，所謂「逃
儒逃墨難逃世」，〔註26〕常州詞家則較較浙派詞家積極。張惠言所喜

〔註25〕此爲朱彝尊自題詞集之〈解佩令〉中語：「十五磨劍，五陵結客，把
　　　　平生涕淚都飄盡。老去填詞，一半是空中傳恨，幾曾圍、燕釵蟬鬢？
　　　　不師秦七，不師黃九，倚新聲、玉田差近。落拓江湖，且分付、歌
　　　　筵紅粉。料封侯、白頭無分！」

〔註26〕湯貽芬贈蔣敦復詩有「逃儒逃墨難逃世，見說桃源也戰場」之語，

標榜之「變風之義、騷人之歌」，本有「詩人覽一國之意以為己心」
〔註27〕之用意，則詞人揔天下之心以為詞心，亦必包含於此派之理想
中。於《詞選・序》中，此觀念尚未落實於時代以見其現實義，而至
周濟《介存齋論詞雜著》中「感慨所寄，不過盛衰。……詩有史，詞
亦有史，庶乎自樹一幟矣」之議論，則已見及時代與文學互通聲息之
處。由惠言至周濟，亦有一段時代背景之轉變。惠言《詞選・序》作
於嘉慶二年，而其人卒於嘉慶七年，周濟《介存齋論詞雜著》之議論，
並未載明年月，但由文末「向次詞辨十卷」語觀之，當在嘉慶十七
年成詞辨一書之後，且此文與《宋四家詞選・序論》（作於道光十二
年）有某些觀念相似，可信其出語當在道光初年間，故二文相隔至少
有三十餘年，其間清世政局已有巨變。

　　自清世祖掌權中原，擘思百年大計，歷康熙、雍正二主奮發圖強，
至乾隆朝已坐收前人庇蔭，加以高宗雄才大略，清世已如日中天。然
而福兮禍所伏，自古治亂之關鍵無所逃于此，因官吏之貪黷、帝王之
好大喜功、財政之虛耗、軍事之弛廢，遂伏下清世日中則昃、盛極而
衰之禍。當時各地民亂蠭生，滋事不已，嘉慶即位，滋事愈熾，西北
有白蓮教滋蔓，東南有海寇騷擾不斷，外則帝國主義正興覬覦，內憂
外患踵相逼，至鴉片戰爭，清室無能懵事之本質已暴露無遺。鴉片戰
爭爆發於周濟卒後之次年（道光二十年），時代風雲詭譎，周濟不能
不有所感觸，念述嘗言：

　　　　張惠言在嘉慶二年開始提出「意內言外」的微旨，周濟隨
　　　　後標榜「感慨所寄」的詞史，正是清代文學受了數十年之
　　　　久的壓抑迫害，隨著歷史變動，乘時以發的曲折表現。

又曰：

　　　　這裏可指出他所謂興衰，無疑是指清朝統治力量的情況而
　　　　言，所謂綢繆未雨，太息厝薪，正指嘉、道時期的變亂四

　　　　見蔣敦復《芬陀利室詞話》。
〔註27〕見孔穎達《毛詩序疏》。

起，情勢堪虞。

常州詞派的文學主張，却直接地間接地反映了清代封建統治的沒落，和政治思想要求在文學上恢復表現的重要意義。〔註28〕

是否如其所言，無法確證，蓋周濟詞論並無此意，但若合時以觀念，念述之說亦有其理。由張惠言、周濟之詞作，即可反映文學受時代轉變影響之曲折變化：

張惠言　木蘭花慢　楊花

儘飄零盡了，何人解當花看？正風避重簾，雨迴深幕，雲護輕幡。尋他一春伴侶，只斷紅相識夕陽間。未忍無聲委地，將低重又飛還。　　疏狂情性，算淒涼耐得到春闌。便月地和梅，花天伴雪，合稱清寒。收將十分春恨，做一天愁影繞雲山，看取青青池畔，淚痕點點凝斑。

可想見的詞人眉尖心隅，多少時代感傷，然感傷之內容，則惠言一人能知耳。

周濟　渡江雲　楊花

春風眞解事，等閒吹徧，無數短長亭。一星星是恨，直送春歸，替了落花聲。憑闌極目，蕩春波、萬種春情。應笑人、春糧幾許？便要數征程。冥冥，車輪落日，散綺餘霞，漸都迷幻景。問收向、紅窗畫篋，可算飄零？相逢只有浮雲好，奈蓬萊東指，弱水盈盈。休更惜，秋風吹老蓴羹。

詞中隱約可見衰亂之象，其景亦多眞實之景。

從時代言，文字獄時期之觸諱時代，促使常州詞派乘時以發，在此以前，詞人多作逃世之詞，獨張惠言能力闢新境，此一現象，可借董士錫虞美人詞中語形容之，即「誰挽長江一洗放天青」；而乾、嘉興衰轉變之內憂外患，對於常州詞派之曲折表現，則產生推波助瀾之作用，惠言時期至周濟時期之時代轉變，曲折驚險，逐漸化暗爲明之詞史論，不正如董士錫虞美人詞中所云「歷盡千山萬水幾時回」般之艱辛。

〔註28〕見念述〈試談周濟介存齋論詞雜著〉一文，《文學遺產增刊》第九輯。

四、浙派、陽羨派之積弊

　　常州詞派之興起，有其時代背景，亦有其文體窮極則變之背景。觀浙派、陽羨派之積弊，便愈發明瞭常州詞人整頓、規範詞體之苦心。以下則從不同角度以探討二派之缺失。

甲、浙派之積弊

（一）以南宋之婉約拘限典雅一義

　　浙派由朱彝尊發端，朱氏論詞獨標典雅，〔註29〕而典雅一義，則有拘限於婉約之偏，此傾向其來有自，浙派洸河曹溶曾曰：

> 填詞於摛文最爲末藝，而染翰若有神工。蓋以偷聲減字，惟摭流景於目前；而換羽移宮，不留玅理於言外。雖極天分之殊優，加人工之雅繢，究非當行種草，本色眞乘也。所貴旨取花明，語能蟬脱；議論便入鬼趣，淹博終成骨董。在儷玉駢金者，向稱笨伯；而矜蟲鬥鶴者，未免儓父。用寫曲哀，亟參活句。有若國色天香，生機欲躍，如彼山光潭影，深造匪艱。務令味之者一唱三歎，聆之者動魄驚心。所云意致相詭，無理入玅者，代不數人，人不數句。其有造詞過壯，則與情相戾；辯言過理，又與景相違。剝儶者靡而短於思，臆瓣者俳而淺於法。剪採雜，而顓古者卑之；操作易，而深研者病之。即工力悉敵，意態紛陳，要皆糠秕，墮彼雲霧，不知文餘玅諦，解出旁觀。……上下牽累唐詩，下不濫侵元曲者，詞之正位也；豪曠不冒蘇辛，穢褻不落周柳者，詞之大家也。〔註30〕

觀此序，曹氏頗以爲：情性蔽而未見、滯而難飛之穢褻詞作，固不足取，然而一味如蘇、辛「造詞過壯」、「辯言過理」，亦不可法。曹氏語苟且嚴，盡排周、柳、蘇、辛，此四家多爲後人所肯定，雖不

〔註29〕朱彝尊標典雅，可從《孟彥林詞‧序》見出其意，又朱氏頗喜宋曾慥《樂府雅詞》，標舉典雅，或亦受此影響。《四庫全書總目提要》引曾慥自序《樂府雅詞》謂：「涉諧謔則去之，當時艷曲，謬託歐公者，悉刪除之，則命曰雅詞，具有風旨，非靡靡之音可比。」

〔註30〕見曹溶《古今詞話‧序》，《古今詞話》乃由沈雄與江尚質合編。

盡然當得「本色真乘」四字，亦不可廢其小疵外大醇，何以曹氏不明此理？亦有其緣由。

明季詞學已墮於萬劫不得之深淵，而清初詞人沿明季餘習，尚「小令學花間，長調學蘇辛」，〔註31〕且學而未得神飛之妙，〔註32〕曹氏之譏不亦有其原因乎？復觀朱氏序曹溶《靜惕堂詞》，〔註33〕知浙派之興起，實亦有文體窮極則變之反動背景。由朱氏之反動，可發現一趨勢，即浙派不主豪放，而主婉約。朱彝尊於水調歌頭送鈕玉樵宰項成中即云：「吾最愛姜史，君亦厭辛劉」。朱氏有鑑於當時學花間之婉約，僅得皮相，又見婉約至南宋姜、張等輩，頗有再興之勢，故其主婉約，乃由花間之婉約，換移至南宋姜、張等輩之婉約；而朱氏厭惡豪放派，固有見於不善學者學豪放而一味叫囂，因而有警於心，甚且根本否定豪放派之價值，由曹溶之《古今詞話‧序》已見出此一趨向。何謂典雅？此乃根本問題，浙派詞家多未能得「典雅」之真義。孰謂豪放派無典雅之作？浙派後繼者厲鶚謂詞需緯之以雅，否則失其正而與波俱靡。其說雅時，眼光似較為開拓，其所以為之「雅」，乃「感時賦物、登高送遠之間，遠而文，澹而秀，纏綿而不失其正」之「托興」，〔註34〕而蘇軾詞亦「使人登高望遠，舉首高歌，而逸懷浩氣，超乎塵垢之外」〔註35〕之「托興」作，何以浙派視而不顧？蓋豪放詞在「擺脫綢繆宛轉之度」，〔註36〕雖有典雅之思，而稍欠如浙派所倡典雅之容。故知浙派斤斤以形式論典雅，顯然有忽略以內容論典雅之弊病。

〔註31〕見嵇哲《中國詩詞演進史》，第卅七章「清詞之復興」。

〔註32〕清初詞壇概觀，可參顧梁汾與陳棚圃書，可見《國朝常州詞錄》卷卅一所引。

〔註33〕朱彝尊序曹溶《靜惕堂詞》：「憶壯日從先生南遊嶺表，西北至雲中，酒闌酒炧，往往以小令、慢詞，更迭唱和。有井水處，輒為銀箏檀板所歌。念倚聲雖小道，當其為之，必崇爾雅，斥淫哇，極其能事，亦足以宣昭六義，鼓吹元音。」

〔註34〕見厲鶚《群雅詞集‧序》，《樊榭山房文集》卷四。

〔註35〕見胡寅《酒邊詞‧序》。

〔註36〕同前註。

田同之於《西圃詞説》云：

> 填詞亦各見性情，性情豪放者，強作婉約語，畢竟豪氣未
> 除；性情婉約者，強作豪放語，不覺婉態自露，故婉約自
> 是本色，豪放亦未嘗非本色也。

知浙派多有以南宋之婉約拘限典雅之弊。浙派見人學花間之失，而不
究其因，以覺悟後人亦有花間式之「文餘妙諦」；見人學豪放派之失，
而不究其實，甚且以爲蘇、辛詞無足與談典雅：浙派反動多未能當下
自救。浙派詞人眼界向下，有別於常州詞人目光朝上；常派詞人目光
過於幽邃而趨向溯源，固然有離題之譏，然浙派未觸及問題之核心，
即欲捐棄，浙派砭俗多瞑眩未屬、導人未深。浙派之失在過求雅正，
此「過」有二義：（一）偏失也，局限於南宋絖約一路。（二）矜重
也，斤斤於形式之工巧。

（二）未敢踰越南宋一步

朱彝尊對於南北宋詞看法如何？嘗云：

> 世人言詞，必稱北宋。然詞至南宋始極其工，至宋季而始
> 極其變。（《詞綜發凡》）

> 竊謂南唐北宋，惟小令爲工，若慢詞，至南宋始極其變。（《書
> 東田詞卷後》）

「工」與「變」，不必定含有優勝義，何況朱氏仍以爲學小令，當以
南唐北宋爲歸，厲鶚於《論詞絕句》首章亦言：「頗愛花間斷腸句」，
二人論詞並不專以南宋爲優，且南宋詞不得不工，不得不變，乃深受
時代氣運之影響，故朱氏南宋工變説，可謂客觀之論。然何以後人多
譏浙派以南宋爲止境？

北宋小令短雋饒風致，學小令，需自千迴百折中鍛鍊而來，否則
必關乎性情天分者多，而長調至南宋姜、張等輩，自度新腔，自倚新詞，
詞藻精鍊，情致幽深，有別於教坊伶工時代之腔詞，〔註37〕故朱氏主由
慢詞入手。浙派於口號上雖不悖小令，實踐上則僅止於慢詞，且浙派之

〔註37〕此即周濟《介存齋論詞雜著》所謂「應歌」、「應社」之分別。

方法學未能靈活，故無法如常州詞派以「寄託」為媒介，而靈活融貫婉約、豪放或小令、慢詞於一法中。無靈活之方法學，此乃浙派所學囿限於南末之一因，故浙派一旦示人學慢詞，即以學慢詞為止境。

另一因即受制於此派矜尚形式論之典雅觀下，浙派家法之失，全受此阻礙，若不能除此蔽障，則將牽一髮而動全身，處處見其家法之不健全。朱彝尊於《解珮令‧自題詞集》中云：「不師秦七，不師黃九，倚新聲，玉田差近」。山谷詞多俳體率易之作，朱氏不屑顧，尚有其理。淮海詞「逸格超絕」〔註38〕，為婉約中之佳作，蔡伯世即云：「辭情相稱者，惟少游一人而已。」〔註39〕淮海詞真能得言外之傳，亦極合乎曹溶所標舉之「文餘妙諦，解出旁觀」，周濟更曰：「少游最和婉醇正」（《宋四家詞選‧序論》），何以被排於門庭外？蓋少游之醇雅，偏重於詞旨之纏綿，其形容間尚無研鍊敲琢之迹，李清照云：「秦詞主情致，而少故實，譬如貧家女，雖極妍麗豐逸，而終乏富貴態。」〔註40〕在博學綜貫，專擅典故之朱彝尊視之，淮海詞猶小家碧玉，尚撐不起朱氏所謂典雅之門面。浙派棄蘇、辛一路，乃囿於以婉約為典雅本色之見，而淮海合乎婉約典雅一義，竟不師之，無怪乎後人嗤之以鼻。攻擊浙派甚力者，多為受常州詞派所影響之詞家，浙、常二派前後相繫，其中線索一一可尋。陳廷焯《白雨齋詞話》曰：「夫秦七、黃九，豈可並稱？師玉田而不師秦七，所以不能深厚。」吳梅本陳說，亦有「竹垞詞體不能高，即坐此病」（《詞學通論》）之譏。

厲鶚曾跳脫南宋局限，其言曰：

> 兩宋詞派，推吾鄉周清真，婉約隱秀，律品諧協，為倚聲家所宗。（《吳尺鳧玲瓏簾詞‧序》）

> 今諸詞之工，不減小山……方將凌鑠周、秦，頡頏姜、史。
> （《羣雅詞集‧序》）

〔註38〕蘇籀云：「秦校理詞，落盡畦畛，天心月脅，逸格超絕，妙中之妙，議者謂前無倫而後無繼。」《詞林紀事》所引。
〔註39〕見沈雄《古今詞話》所引。
〔註40〕見《苕溪漁隱叢話》所引。

其說推崇周邦彥，並將秦觀列於周下，可說已見及浙派家法為南宋所限之困蹇。日人青木正兒於《清代文學評論史》第九章云：

> 蓋以史達祖配姜夔，是承襲朱氏一派的系統，以秦觀配周邦彥，是後來常州派的主張。其所以舉此兩組目標，或許是自以為前後兩派之中間存在的意思。

厲鶚卒於乾隆十七年，張惠言生於乾隆廿六年，周濟則更晚於後，厲鶚斷不可能得見常州詞派說法而出此夾中之論，只可歸說浙派畫地自限之病，厲鶚已洞察機先。譚獻《篋中詞》曰：「太鴻思力可到清真，苦為玉田所累。」樊榭之作，多效玉田之「清虛騷雅」，[註41]如美成之鉤勒渾成，於浙派中實難一見，實則厲鶚亦未能跳脫南宋樊籬。

　　浙派以南宋慢詞為限，不敢越北宋一步之作法，確實根深柢固於浙派人心中，亦因此，浙派格調雖高，然而未至渾成。

（三）學姜、張未得精髓

朱彝尊於《黑蝶齋詞·序》云：

> 詞莫善於姜夔。宗之者：張輯、盧祖皋、史達祖、吳文英、蔣捷、王沂孫、張炎、周密、陳允平、張翥（元人）、楊基（明人），皆具夔之一體。

此浙派尚姜、張之統系，諸詞人之特色，扼要言之有二。以下即依此二項，以視浙派詞人是否真學姜、張之精髓：

　　特色之一：音節文采，瀏亮精麗；字句章法，有迹可尋。

　　此可從慢詞、字句、章法三方面言。姜、張均用慢詞創作，慢詞實處較虛處多，而小令適得其反，且實處易學，虛處難學，學小令確難精約，而長調則吞吐開闔，可蕩情思，故學姜，張，以慢詞言，自有其用意。以字句言，姜、張等輩皆能自度腔調，因而辭采音節，綿麗清暢，騁盡典雅之能事，范石湖評堯章詩曰：「有裁雲縫月之妙手，敲金戛玉之奇聲。」[註42]移以評其詞，亦頗恰當，故規模姜、張等

〔註41〕《詞林紀事》引樓敬思語。

〔註42〕毛晉云：「范石湖評堯章詩曰：『有裁雲縫月之妙手，敲金戛玉之奇

之音節辭采，亦頗稱妙。自章法言，南宋慢詞如女子步趨，盡態曲致，如玉田「能以翻筆、側筆取勝」，〔註43〕故學姜、張章法，亦有其妙。

何以浙派學姜、張而未得其精髓？其因在於過求雅正，朱彝尊於《孟彥林詞・序》曰：

> 詞雖小道，爲之亦有術矣。去花間、草堂之陳言，不爲所役，俾浮靡滌濯以孤枝自拔於流俗。綺靡矣而不戾乎情，鏤琢矣而不傷乎氣，然後足與古人方駕焉。（《曝書亭集》卷四十）

求典雅，乃浙派諄諄奉爲家法者，朱氏標舉雅正，斷不可能捨內容義而專主形式義，故朱氏亦曰「情」與「氣」，然而只要是「不戾乎情」之「綺靡」，「不傷乎氣」之「鏤琢」，則「情」與「氣」似乎亦甘願屈居於「綺靡」、「鏤琢」之形式論下。不求以內容義控制形式義，反爲形式義所制。朱氏求典雅，多制肘於技巧論，此與《草堂詩餘》所予朱氏之負面影響有關，如《草堂詩餘》所收艷詞鄙俚之作，朱氏皆棄去之。朱氏於《詞綜發凡》曰：

> 填詞最雅無過石帚，《草堂詩餘》不登其隻字，見胡浩（按：《全宋詞》謂胡浩然）立春吉席之作，蜜殊咏桂之章，亟收卷中，可謂無目者也。

目睹《草堂詩餘》雜收浮艷、鄙淺之作，因而影響朱氏崇尚字面之典雅。即以才高之朱氏而言，不免有譚獻《篋中詞》所云「顧朱傷於碎」之譏，若乃才下者，不亦畫虎不成，反類犬乎？

又人之所學，常從可學可迹處入，難學且無迹處易遭人忽略，同理，易於示人者，即可學可迹之處。由於以上諸因素，浙派詞人學姜夔僅止於琢句鍊字，始終無法達到表裏盡歸醇雅之境。

特色之二——清遠騷雅，渾瀚沈鬱，神韻流走，去留無迹。

姜、張詞之特色，即在音采妥鍊間含有沈鬱騷雅之氣，此一現象，前人多已見及，故不必贅述。此處所欲言者，即曹溶序《古今詞話》

〔註43〕《詞林紀事》引樓敬思語。

聲。』予於其詞亦云。」見《白石詞・跋》。

所云之「所貴旨取花明，語能蟬脫」、「用寫曲衷、亟參活句」、「有若國色天香，生機欲躍，如彼山光潭影，深造匪艱。務令味之者一唱三歎，聆之者動魄驚心」、「文餘妙諦，解出旁觀」，大抵即是說姜、張詞之妙處。〔註44〕因知浙派原非僅重字句，而忽略氣格，然而朱氏發論皆不談此無迹可尋、亟需活參之氣格。肩負刪削與規矩靡麗詞作之浙派，言詮間念念不忘鍊字琢句，而不能稍加洗刷姜、張詞之眞正神髓，因而取法乎上，亦僅得中下而已，欲比肩姜、張，相距不亦遠乎？陳廷焯《白雨齋詞話》即云：

> 竹垞詞，疏中有密，獨出冠時，微少沈厚之意。……不知秦七，亦何能知玉田？彼所知者，玉田之表耳。師玉田而不師其沈鬱，是買櫝還珠也。

此誠一針見血之論。譚獻《篋中詞》亦曰：「浙派爲人詬病，由其以姜、張爲止境，而又不能如白石之澀、玉田之潤。」浙派學姜、張皆未鞭辟入裏。此派末流流於餖飣瑣屑，學潤、學澀尚且未達，至於沈鬱渾成，惟待常州詞派提倡。

　　總結以上所論，可如此言之：詞有小令、長調，浙派僅學長調；長調有北宋、南宋之分，浙派僅宗南宋；南宋慢詞有婉約與豪放二類之典雅，而浙派宗姜、張之典雅；姜、張有字句與情致兼勝之雅正，而浙派頗泥於字面之雅正。浙派如何過求雅正？如何局限家法？可於層層拘限中見。常州詞派主以情致爲先，不斤斤於協律琢句，亦不畫分婉約、豪放之別，加以常州詞派主由南宋之有寄託而上達北宋之無寄託，故不制限於小令或長調，此即常州詞派極高明之處。

乙、陽羨派之積弊

　　陽羨派之成員有陳維崧、陳維嵋、陳維岳、曹亮武、史承謙、史承豫、儲國君、任曾貽等，因聲氣相投，故被後人目爲一派。譚獻《篋中詞》云：「錫鬯（註：朱彝尊）、其年（註：陳維崧）出，而本朝詞

〔註44〕朱彝尊序曹溶《靜惕堂詞》：「數十年來，家白石而戶玉田，春容大雅，風氣之變，實由先生。」

派始成」，康、乾間之詞壇即浙派、陽羨派之天下，烏絲、載酒遂一時風行而無軒輊。

陽羨派之特色，在表現蘇、辛詞詩詞論式之豪放風格。因無詞論可供探討，故此處則借詞評家之評語，以觀陽羨派之優、缺點，陳廷焯《白雨齋詞話》曰：

> 迦陵詞氣魄絕大，骨力絕道。填詞之富，古今無兩。只是一發無餘，不及稼軒之渾厚沈鬱。

又云：

> 蹈揚湖海，一發無餘，是其年短處，然其長處亦在此。

又云：

> 迦陵詞，沈雄俊爽。論其氣魄，古今無敵手。若能加以渾厚沈鬱，便可突過蘇、辛，獨步千古。

學蘇、辛，需得其豪，亦需得其鬱。豪者，曠逸不羈之個性使然；鬱者，境地與身世所促。陽羨派詞人有性情之豪率，但無境地與身世之感，故亦一味騁才抒情而已，如任曾貽淡岑詞，儲國君云：「刪削靡曼，獨抒性靈，於宋人不沾沾襲其面貌，而能吸其神髓。」〔註45〕此派學豪放，多放任個性，如朱祖謀品題清詞之憶江南詞云：「迦陵韻，哀樂過人多，跋扈頗參青兕氣，清揚恰稱紫雲歌。」又豪放雄闊，乃陳其年過人處，然亦是未臻渾成之失敗處，因而「只是雄而不渾，直而不鬱，故初讀令人色變，再讀令人毫齒冷。」（《白雨齋詞話》）比較稼軒、其年二人之永遇樂詞，即可明此分際：

辛棄疾　　永遇樂 京口北固亭懷古

> 千古江山，英雄無覓，孫仲謀處。舞榭歌臺，風流總被、雨打風吹去。斜陽草樹，尋常巷陌，人道寄奴曾住。想當年，金戈鐵馬，氣吞萬里如虎。　　元嘉草草，封狼居胥，贏得倉皇北顧。四十三年，望中猶記、烽火揚州路。可堪回首，佛貍祠下，一片神鴉社鼓。憑誰問：廉頗老矣！尚能飯否？

〔註45〕見繆荃蓀所編《國朝常州詞錄》「任曾貽」處。

陳維崧　　永遇樂 _{京口渡江用辛稼軒韻}

如此江山，幾人還見，舊爭雄處。北府軍兵，南徐壁壘，浪
捲前朝去。驚帆蘸水，崩濤颭雪，不爲愁人少住。歎永嘉流
人無數，神傷只有衛虎。　　臨風太息，髯奴獅子，年少功
名指顧。北拒曹丕，南連劉備，霸業開東路。而今何在，一
江燈火，隱隱揚州更鼓。吾老矣！不知京口，酒堪飲否？

二詞皆雋壯可喜，然辛詞抑揚頓挫、蒼涼悲壯，一氣奔注中，靜、
動參差有秩；陳詞亦一氣奔歎而下，卻少語慨意悲。周濟《宋四家
詞選・序論》曰：「稼軒斂雄心，抗高調，變溫婉，成悲涼」，陽羨
派詞家多騁才思，而不知稼軒之雄心乃收斂後之雄心，此正爲常州
詞家獨具隻眼之見。

　　任二北曰：「常州詞派何緣而有也？有之於陳、朱兩詞派之後。」
〔註46〕浙派之失在「不攻意、不治氣、不立格」，〔註47〕常州詞派針
砭之道即在攻意、治氣與立格；陽羨派之失在騁氣，常州詞派針砭之
道即在沈鬱。常州詞派緣此二派而起，亦有文體窮極則變，不得不起
而反動之背景。

第二節　清常州詞派寄託說之目的

　　尊體之倡，自清詞復興以來，即未曾中斷。觀張惠言《詞選・序》
及金應珪《詞選・後序》，可知常州詞派尊體之決心，非只爲一事實
耳，更確知此派尊體之意念與作法，均較前人堅定與高妙。

　　「尊體」二字於常州詞論中，雖未如「意內言外」或「寄託」二
語，被目爲專門之術語，然據張惠言《詞選・序》，歸納常州詞派之
「尊體」爲以下二義：（一）治本式之尊體。此乃針對文體而言，意
即捐棄詞爲小道、無甚大用之謬論，進而肯定詞必有不同於他體之體

〔註46〕見任二北所撰〈常州詞派之流變與是非〉一文，載於《清華大學中
　　　　國文學會月刊》第三期。
〔註47〕見謝章鋌之張惠言《詞選・跋》，載於《賭棋山莊文集》卷二。

用。（二）治標式之尊體。意即詞於演進、流變過程中，免不了脫離正軌或滯塞僵化之現象，故需找尋其中癥結，使之回復宋詞表裏蘊藉之風。由此而知，常州詞派負有雙重之責任：（1）掃除「詞為小道」之譏評。（2）規範「放浪腐朽」之詞蔽。以下即分說些二路，以明常州詞派之尊體說，並探討尊體說與寄託說之關係。

一、掃除「詞為小道」之譏評

或以為詞乃詩之餘〔註48〕而輕鄙之，當非正確之觀念。詞雖為詩之流，然具獨立之生命，非僅如此，此獨樹一幟，與眾體有別之詞，正有其大用。且看宋代一般學者士子如何對待詞體。

宋乃重文鄙武之朝，加以太祖建國之初即囑民休養生息，以此社會背景，陰柔內斂之小詞，頗可恃機與他體同領風騷，詞興於宋，似有其時代因緣。事實則非，宋代正值古文復興與理學昌盛之時期。古文重實用，理學則衞道，兩相結合，「用助嬌嬈之態」〔註49〕之詞，始終無法與詩、文同躋大雅之堂。劉後村曰：「為洛學者，皆崇性理而抑藝文，詞，尤藝文之下者也」，〔註50〕又謂少游「和天也瘦」之句，「伊川以為褻瀆」，此皆「今諸公貴人憐才者少，衞道者多」之因素使然。〔註51〕無視詞之特色、用途，妄加定奪詞之命運，故詞為小道，多無端受大儒之譏。

詞方興時，晏幾道曾有「析酲解慍」、「不獨敍其所懷，兼寫一時杯酒間聞見所同游者意中事」之道白，此即文學中之娛樂需求說，一般文士需要之，理學家亦不例外，沈雄《古今詞話》引程頤語：

> 伊川聞誦叔原詞「夢魂慣得無拘檢，又踏楊花過謝橋」，乃笑曰：「鬼語也。」意頗賞之。

〔註48〕《蕙風詞話》卷一曾辨「詩餘」之「餘」，應作「贏餘」之「餘」解，非作「賸」義解。
〔註49〕見歐陽烱《花間集・序》。
〔註50〕見劉後村〈跋黃孝邁長短句〉，《後村先生大全集》卷一百零六。
〔註51〕見劉後村〈跋湯埜孫長短句〉，《後村先生大全集》卷一百十一。

考亭大儒非僅止於欣賞，亦性好作詞（如朱熹、魏了翁、眞德秀等），
故知衞道者雖喜說教，其心則不能免於柔媚溫詞之潤澤；一般文士亦
抱持矛盾心理，如陸游於《長短句・序》云：「予少時汩於世俗，頗
有所爲，晚而悔之。」存此觀者，皆以爲詞非但無用，且有礙於經。
類此心理，至清代猶存，如清人邵長蘅云：

> 詩餘塡詞，幾塞破此世界，詩道那不日劣？恨不一付祖龍
> 處置也。〔註52〕

邵氏發此語時，殆亦有見於詞之雕靡，故不屑爲之，故始終不正視詞
體一眼，衞道家之心理可見一斑。清人焦循對詞妨經之說，有深刻之
申辯：

> 學者多謂詞不可學，以其妨詩、古文，尤非說經所宜。余
> 謂非也。人稟陰陽之氣以生者也，性情中必有柔委之氣寓
> 之，有時感發，每不可遏，有詞曲一途分洩之，則使清勁
> 之氣，長流存於詩、古文。且經學須深思冥會，或至抑塞
> 沈困，機不可轉；詩、詞足以移其情，而轉豁其樞機，則
> 有益於經學不淺。文武之道，一張一弛。古人一室潛修，
> 不廢弦歌，其旨深微，非得陰陽之理，未云與知也。惟專
> 於是，則不可耳。〔註53〕

焦氏之論，說明常人以爲無用之詞，正有其妙用。就事實而言，詞至南
宋，更兼大用，以其能言黍離之悲也。雖理學家一味衞道，使詞無法躍
登上乘文學之列，然詞何嘗銷聲匿迹？反漸興盛，而與人之喜怒哀樂、
時代之風雲變化相結合。當時之詞，無論豪放或婉約，多半近求抒懷感
慨、撫慰心靈，遠求忠憤感君、思繞家國，詞之用正於南宋發揮無遺。

　　以上所述，僅爲以下清詞尊體說作一引子。清代詞學多作溯本
追源之工夫，目的即在尊體。常州詞派前之尊體呼籲，於態度、方
法上，皆欠缺磅礡之氣勢。以下則合浙派、陽羨派，以言常州尊體

〔註52〕見邵長蘅與賀天山二則之二，載於《青門簏稾》卷十一，《常州先哲
　　　　遺書》本。
〔註53〕見焦循〈詞說〉，《雕菰樓集》卷十，《文選樓叢書》本。

之大力處。

（一）樹骨極高，標舉詞之四始

上溯風騷，以覓源頭，此清代復興詩文之道，詞亦不例外。陳維崧於《蝶庵詞‧序》中借他人之口以傳言：「夫作者非有國風、離騷之志意，以優柔而涵濡之，則其入也不微，而其出也不厚。」此說樹骨極高，然而陽羨派重創作，其說並未予人深刻之印象；至於浙派之尊體，朱彝尊於《靜惕堂詞‧序》曰：「極其能事，亦足以宣照六義，鼓吹元音。」朱氏此說亦極中肯，然較諸惠言《詞選‧序》大聲之論，猶覺力量薄弱。復觀金應珪《詞選‧後序》：

> 然乃「瓊樓玉宇」，天子識其忠言。「斜陽烟柳」，壽皇指為怨曲。「造口」之壁，比之詩史。「太學」之詠，傳其至文。
> 舉此一隅，合諸四始。

詞有四始，前實未見。厲鶚於《羣雅詞集‧序》頗有詞可媲美四詩之意，然則猶未拈出似金應珪詞有四始之說。常州尊體雖亦溯源風騷，實則有一空倚傍，本體自救，不在他體庇蔭下求尊體之大魄力。

（二）勤致實踐，不敢陽奉「尊體」而實陰違之

浙派明張尊體之幟，但又念念不忘詞為小道，〔註54〕可見此派之矛盾心理。類此心理，自清初倡尊體說以來，即普遍存在。《四庫全書總目‧詞曲類》所言，即可為代表：

> 詞曲二體，在文章、技藝間，厥品頗卑，作者弗貴，特才華之士以綺語相高耳。然三百篇變而古詩，古詩變而近體，近體變而詞，詞變而曲，層累而降，莫知其然。究厥淵源，實亦樂府之餘音，風人之末派。其於文苑，同屬附庸，亦未可全斥為俳優也。

〔註54〕朱彝尊於陳緯雲《紅鹽詞‧序》云：「詞雖小技，昔之通儒鉅公往往為之」，並說其作乃「餬口四方，多與等人酒徒相狎，情見乎詞」之作品。厲鶚於張今涪《紅螺詞‧序》亦云：「詞雖小道，非善學者不能為，為之亦不能工也。」

既言「厥品頗卑」，但又謂「未可全斥爲俳優」，存此矛盾心理，即或尊體呼籲標崇特高，亦無濟於事。常州詞派則無或尊或疑之心，如惠言編《詞選》，若「義有幽隱」，則「並爲指發」；如周濟力闡寄託說，亦本嚴肅態度勠力實踐，絲毫無陽奉陰違之心。周濟於《宋四家詞選・序論》曰：「文人卑塡詞爲小道，未有以全力注之者。」故知「全力注之」即常州詞派論詞之積極態度，以此態度尊體，詞體方可漸入高義。

（三）心用世用，同體兼備

陳維崧於《董文友文集・序》云：「離亂之人，聊寓意焉。」朱彝尊於陳緯雲《紅鹽詞・序》中云：「不得志於時者所宜寄情焉耳。」此即抒寫性靈之心用說。常州詞派亦有之，如張惠言《詞選・序》云：「以道賢人君子幽約怨悱，不能自言之情」，如周濟《詞辨・序》曰：「後世之樂，去詩遠矣，詞最近之，是故入人爲深，感人爲遠，往往流連往復，有平矜釋躁，懲忿窒慾，敦薄寬鄙之功。」此說與焦循之論不謀而合，皆爲當時前衛之論。以詞之功用論尊體之高下，常州詞派則較前二派多一詞之世用說，常州詞派主由碧山以入門，除看重其筆法可致外，亦看重碧山故國之感、黍離麥秀之世用觀，求詞亦能興觀羣怨，以此尊體，方可免詞爲小道之譏。

由以上所述，可知常州詞派乃採從根救起之治本法以尊體，詞史上何種類型之詞作可顯示常州詞派尊體說之昭告？捨比興寄託自無他途。返觀上文所述金應珪之四始說，即可明瞭此一事實：所謂「瓊樓玉宇」，乃指蘇軾〈水調歌頭〉；所謂「斜陽烟柳」，則指稼軒〈摸魚兒〉一闋；所謂「造口之壁」，乃指稼軒〈菩薩蠻書江西造口壁〉；所謂「太學之詠」，則指德祐太學生之〈百字令〉與〈祝英臺近〉，此數闋皆比興寄託之作。以詞之功用而言，能兼心用與世用之詞，亦僅有比興寄託之作當仁不讓。尊體之呼籲，需落實於詞中以言，且需尋出一標的，以作爲昭告世人之模範，寄託說即在此種要求下產生。

二、規範「放浪腐朽」之詞弊

　　本節開頭，曾言常州詞派之「尊體」，有治本式之尊體與治標式之尊體二義，並謂治標式之尊體，目的即在規範「放浪腐朽」之詞蔽。以下先言「放浪腐朽」之事實，而後明常州詞派如何針對事實以規範詞體，以及此治標式尊體如何收關寄託說。

　　詞為小道之譏，非詞體本身之罪過，反而是為積極之建樹。任何一種文體，均無從避免踰越正軌，與日久生腐之事實。詞者，人所填也，填詞者若不自固善質，反生墮落之心，本具獨格之詞用，反遭人側目，亦因此助長「詞為小道」之譏評。觀宋人特喜以詩之莊雅評詞，即知當時人非不知詞媚乃詞之本色，然不允許媚而無格，如魯直序小山詞曰：「叔原樂府，寓以詩人句法，清壯頓挫，能動搖人心。合者高唐、洛神之流，下者不減桃葉、團扇。」又王灼《碧雞漫志》亦以《離騷》標準品詞，曰美成、方回尚能時時得之，而柳永〈戚氏〉一闋何足與論？李東琪曰：「詩莊詞媚，其體元別，然不得因媚輒寫入淫褻一路，媚中仍存莊意，風雅庶幾不墜。」〔註55〕以方興未艾中之宋詞而言，亦出現悖離正軌，走火入魔之病態。

　　據王灼《碧雞漫志》所載，無稽與塵艷之作，崛起於仁宗至和年間，如柳永雖亦有「森秀幽淡之趣在骨」〔註56〕之佳作，而〈菊花新〉淫詞已啓人效尤。熙、豐年間，澤州孔三傳倡諸宮調，始大開風氣。政和年間，曹組等為「滑稽無賴之魁也」、「嫚戲污濊，古所未有」，可知詞道至此，果眞淪入小道一途，惠言《詞選・序》云：「然以其文小，其聲哀，放者為之，或跌蕩靡麗，雜以昌狂俳優。」此即指當時之鄙體、俗體。其後南宋寄託躍起，詞語大抵有骨，然此中亦不免有過於「尚雕琢、重音律、供酬應」〔註57〕之作。宋詞雖見病態，但多數有志之士，如「張先、蘇軾、秦觀、周邦彥、辛棄疾、姜夔、王

〔註55〕引自王又華所輯之《古今詞論》。
〔註56〕見周濟《介存齋論詞雜著》。
〔註57〕見繆鉞所撰〈姜白石之文學批評〉一文，據《詩詞散論》一書所引。

沂孫、張炎」諸家，皆作「淵淵乎，文有其質焉」﹝註58﹞之作，故宋詞生機仍自蓬勃。詞之中衰，當起於宋後，且以明季之墮落爲外道。

金詞去宋未遠，皆承襲豪放詞風。龍沐勛《中國韻文史》以爲「南人入北，而東坡之學，遂相挾以俱來，其橫放傑出之詞風，亦深合北人之性格，發揚滋長，以造成金源一代之詞。」其間以吳激、蔡松年、元好問爲三大家，而好問能於豪放中見出纏綿眞情，因而爲金詞中鶴立雞群之輩。況周頤深喜之，以爲其詞有身世之感，所謂「蕃豔其外，醇至其內」，﹝註59﹞即因其氣象風骨間猶傳宋詞風神。此金詞之概略現象也。

詞至元，豪放之風趨開放，仇遠、張翥爲大家。吳梅《南北戲曲概論》曰：「金元以來，士大夫好以俚語入詞；酒邊燈下，四字沁園春、七字瑞鷓鴣，粗豪橫決，動以稼軒龍洲自況；同時諸宮調詞行，即詞變爲曲之始。」金、元二代正値詞曲之交界，詞因而趨向酣暢達意。稼軒字句雖多語體化，猶可於字句間見出章法之離合順逆，故不失頓挫之姿，然如張翥，雖爲後人稱許極高，﹝註60﹞則已不復南末之琢鍊辭采、辨析音律，章法之頓挫亦失色許多。雖說如此，亦不廢其小疵中之大醇者，蓋此輩胸襟猶能沈鬱。

內容之沈鬱、筆法之頓挫、字句之琢鍊、音律之協吻，於宋以後，已不復往昔之能並備，宋詞蘊藉之風亦日趨澆薄，此即張惠言《詞選·序》「宋之亡而正聲絕」之宣告。

詞至明，已趨全衰。金元二代詞人之胸襟，此時蕩然無存，蘊藉之風更無踪影，惠言因有「元之末而規矩隳」之傷心語。吳衡照《蓮子居詞話》曰：

> 金、元工於小令而詞亡，論詞於明，並不逮金、元，遑言兩宋哉？蓋明詞無專門名家，一、二才人如楊用修、王元

﹝註58﹞以上二引皆引自張惠言《詞選·序》。
﹝註59﹞見《蕙風詞話》卷三。
﹝註60﹞如吳梅頗稱許張翥，曰：「樹骨既高，寓意亦遠，元詞之不亡，賴有此耳。其高處直與玉田、夢窗相駙靳，非同時諸家所及。」見《詞學通論》第八章。

> 美、湯義仍輩，皆以傳奇手爲之，宜乎詞之不振也，其患
> 在好盡，而字面往往混入曲子。昔張玉田論兩宋人字面多
> 從李賀、溫岐詩來，若近俗近巧，詩餘之品何在焉？又好
> 爲之盡，去兩宋蘊藉之旨遠矣。

吳氏以爲明詞日趨下坡，乃受文體轉變之自然因素，與詞人不求惕勵之人爲因素所影響；前者，指詞至此受「詩文的復古」與「曲的盛行」〔註61〕之夾攻，因而於夾縫中求生，吳氏言下之意，有詞至此已非專詣，故亦莫可奈何之歎；而後者即指詞人自甘墮落，乃不可原諒之事，除明初高手楊基、高啓、劉基等輩外，餘皆無可觀之作，甚且「陳言穢語，俗氣熏入骨髓」，〔註62〕「於神味處全未夢見」。〔註63〕硬滯而無空靈，豔冶而無莊媚，明詞正坐此病。

清初之詞，效化間、草堂之風，除少數高手外，亦無多新鮮之氣。針對當時之詞蔽，陽羨派、浙派起而矯之，然不得其法，反促發常州詞派之反動。金應珪《詞選・後序》曰：「近世爲詞，厥有三蔽」，謝章鋌於《賭棋山莊詞話》曰：

> 按：一蔽是學周、柳之末派也，二蔽是學蘇、辛之末派也，
> 三蔽是學姜、史之末派也。皋文詞選誠足以救此三蔽，其
> 大旨在於有寄託，能蘊藉，是固倚聲家之金鍼也。

蘊藉一法，不獨可醫浙派、陽羨派之病疚，亦是漫長詞史上，詞脫離正軌，求其返回純正，詞已腐朽，求生機再現之一帖良方。

以下則說明常州詞派治標式之尊體說，及尊體說與寄託說之關係。

（一）眼光邃遠，方法獨闢

浙派宗姜、張，陽羨宗蘇、辛，皆無大錯誤，然制肘於家法，因而積弊叢生，以此尊體，適如開倒車。由以上所述歷代詞蔽，已得知一事實，即婉約本色已腐，豪放別調已粗，設若仍於婉約、豪放上強

〔註61〕見鄭騫所撰〈論詞衰於明曲衰於清〉一文，《景午叢編》。
〔註62〕見朱彝尊《詞綜・發凡》。
〔註63〕見劉體仁《七頌堂詞繹》。

救之，而不思特殊之拯救法，則無利器而欲工善其事，不亦徒勞而無功乎？浙派論詞，有極強烈之本色論，本色病疚已深，復救之以本色，其效彰著否？常州詞派亦有以典雅爲本色之意，〔註64〕然此派不驟宗如浙派婉約式之典雅，殆亦有見「放浪通脫」（《詞選·序》）正自本色變質而來，故寧倒救之以求比興寄託從。從學豪放此觀點言，周濟於《介存齋論詞雜著》謂：「後人以粗豪學稼軒，非徒無其才，并無其情。」求有比興、有寄託，即求有身世、有境地之意，故此派非以面目學豪放派，而以沈鬱學之；沈鬱與豪放，似相敵之詞，而常州詞派允之搭背，正見此派治標法之妙義。比興寄託，此即規範詞蔽之利器，可深矯詞中一切病疚，寄託說亦在此千呼萬喚中應運而起。

（二）哀苦之情，以換詞骨

朱彝尊於《紫雲詞·序》謂：

> 昌黎子曰：「懽愉之詞難工，愁苦之言易好」，斯亦善言詩矣。至于詞，或不然，大都懽愉之辭。工者十九，而言愁苦者，十一焉耳。故詩際兵戈俶擾，流離瑣尾，而作者愈工，詞則宜于宴嬉逸樂，以歌咏太平，此學士大夫並存焉而不廢也。

詞之發動在人心，今人心已腐，不思療心，尤不斷倡「宴嬉逸樂，以歌咏太平」之作，此即浙派陽奉尊體而陰違之，使人難以苟同之處。朱氏於《孟彥林詞·序》云：「綺矣而不戾乎情，鏤琢矣而不傷乎氣」，非不可作懽愉詞也，然不能保證人人皆能如朱氏之恰如其分，能使己身之情、氣不爲鏤雕刻琢所傷；常州詞派不認爲懽愉之詞便勝過愁苦之言，張惠言《詞選·序》曰：「其文小，其聲哀」，即以哀苦之情脫

〔註64〕張惠言以「深美閎約」爲詞之極詣，周濟於《宋四家詞選·序論》曰：「若託體近俳，而擇言尤雅，是名本色俊語，又不可抹煞矣。」皆有以典雅、莊婉爲本色之意。錢鴻英於所撰〈詞論四題〉一文中云：「一直到南宋末年，一直到清代常州派詞人，還是通過《離騷》別恨，兒女之情來表露微言大義，借寄托來寫忠君愛國之情的，可見婉約力量。」載於《文學遺產增刊》第十四輯。

換詞骨，其後周濟倡「感慨所寄，不過盛衰」，亦分明以愁苦之情為尚，而愁苦之情亦即「極命風謠里巷男女哀樂，以道賢人君子幽約怨悱，不能自言之情」，正所謂比興寄託之情。觀浙派亦倡不得志之言，然所作終究與常州詞派不同，蓋常州詞家不得志之言，乃有性情襟抱之憤懣；浙派意在離騷，而不通乎比興寄託，不攸關託旨之大，故吟誦其作，惟覺意氣蕭闌而已。懽愉之情，求其排遣之道，不必以填詞為唯一，而愁苦之情，若以放浪形骸，或孤舟一葉排遣之，彌覺漲愁耳。求發洩傾吐之道，必亦以摛文為極則，由此角度觀之，以愁苦之情脫換詞骨，亦極具意義。

　　總上而說，常州詞派之尊體，乃在當時人求治標而不足藥病，故思澈底治本之，此一需求上所發起，寄託說之興起，亦必包束於此過程中，而寄託說亦因此不得不接受尊體說之指導。宋代已有寄託觀念，兩代寄託觀念是否有異，與此尊體說有所關聯，此一問題將留待末章討論。

第二章　清常州詞派寄託說之啓蒙期

前　言

　　「啓蒙」一語，梁啓超闡義最精，梁氏曰：「啓蒙期者，對於舊思潮初起反動之期也。舊思潮經全盛之後，如果之極熟而致爛，如血之凝固而成瘀，則反動不得不起，反動者，凡以求建設新思潮。」〔註1〕以之說明常州詞派與浙派之關係，最稱善便。周濟謂張惠言有「開闢榛莽」〔註2〕先鋒之功，故此處得自梁氏「啓蒙」一語之啓悟，將標題定爲「常州詞派寄託說之啓蒙期」。

第一節　張惠言之詞學觀

一、意內而言外說

　　《說文》「詞」字下曰：「意內而言外也。」段玉裁註云：「有是意於內，因有是言於外，謂之詞」，又曰：「意即意內，詞即言外」、「意主於內而言發於外」，此皆指一切語詞發生之過程。詞興於後，故借用《說文》以釋唐宋方興之詞，正如謝章鋌〈與黃子壽論詞書〉所云：

〔註1〕見梁啓超所著《中國近三百年來學術史》第二章。
〔註2〕見周濟《味雋齋詞・自序》，引自《清名家詞》。

夫詞固亦有詞之量矣：若意內而言外之說，則詞家數假古
義，以自貴其體也。詞之興最晚，許叔重之時，安能有減
字偷聲之長短句者？……乾、嘉以來，漢學盛行，學者見
此義出於《說文》，遂奉爲長短句金鍼，不知旁訓非正訓。

碩彥名儒非不知旁訓、正訓之別，借用「意內而言外」一語，以說唐
宋以來之詞，係因唐宋以來之「詞」，亦爲語詞之一種；且語詞於歷
代傳承過程中，亦可能引伸出孳乳義，經引伸後之孳乳義，頗能曲傳
詞體要眇蘊藉，含蓄委婉之深致。故宋陸文圭於《山中白雲詞・序》
亦曾借用之，以言詞之定義。〔註3〕

　　清人闡發「意內而言外」之說，似不必以張惠言爲獨一無二，然
張惠言確實能闡發精微此說，與張、周頗有交誼之包世臣，亦有「意
內而言外」之闡發，此處先明包世臣之意，復觀惠言之論，當更能得
二說之分際。包氏於《月底修簫譜・序》云：

「意內而言外」，詞之爲教也；然意內不可強致，言外非學
不成。是以詞學得失可形論說者，言外而已，言外則有聲，
聲成則有色，聲色成而味出焉，三者具，則足以盡言外之
才矣。……養之以學術，煉之以境遇，則意內之妙，吾將
於震伯旦夕遇之矣。（《藝舟雙楫》）

「味」，指詩、詞中之神理氣味，有搖晃生姿，低徊撫歎之妙，其依
附處爲有形之詞藻，即「色」也；「色」之成，乃因聲依詠、律和聲
而來，而「聲」又自言志之動機義而得，此即有迹可感，可學而致之
「言外」論。至於「意內」之問題，包氏則不敍述何謂「意內」，以
及「意內」與「言外」溝通之過程，包氏於《金篋伯竹詞・序》中曾
敍述不說明之原因：

詩教主於溫柔敦厚，然其旨趣寓於意者半，而發於詞、存
於氣者亦半，是則無迹象可求，非言語所能喻也。夫以詩
之關鍵見於迹象，而激射隱顯之可說以言語者，常倉促不
能得解人，況微妙於此者（按：指詞）耶。

〔註3〕見繆鉞所撰〈論詞〉一文，載於《詩詞散論》一書。

言下之意，「意內」僅可意會而不能言傳。若以分析法解之，「意內而言外」可分成「意內」、「言外」及「意內」至「言外」此三過程，以此角度觀之，包氏雖明瞭「意內而言外」之全部內容，然而闡說精微處，僅有「言外」部分，亦即可以形迹、可以形感的「詞之表」展現過程。

張惠言則不然，其「意內而言外」說，顯然側重於不可以形迹，不可以形感的「詞之裏」展現過程，其《詞選・序》云：

　　傳曰：意內而言外謂之詞。其緣情造端，興於微言，以相
　　感動，極命風謠里巷男女哀樂，以道賢人君子幽約怨悱，
　　不能自言之情，低徊要眇，以喻其致。

情因某種因素，不能暢所欲言，只得包藏於特殊之言辭中，令人乍窺不得真用意，此即「緣情造端，興於微言」之意，其中「興」字，即「意內而言外」中「而」字之具象，亦即「意內」至「言外」此「溝通」義。所謂「意內」，即指「幽約怨悱，不能自言之情」，而「言外」，則指「低徊要眇，以喻其致」此一展現過程。大致而言，惠言此段序語，不難理解，惟獨何謂「微言」，尚有待於明辨。若以《漢書藝文志》「昔仲尼沒而微言絕」之「微言」爲說，「微言」即「隱微不顯」〔註4〕或「精微要妙」〔註5〕之言，或將意說得極含蓄，或將意改裝於另一幽微語辭中之謂。由以上之闡釋，可知此段「意內而言外」之議論，已近乎心理學之分析法，亦打破過去詞論斤斤尚形式論之窠臼，其後之周濟亦有「意內而言外」之發明，只是周濟非就觀念而言，乃從學習創作此一角度以言。明瞭至此，即知何以包氏曰「意內」需培之以「學術」、「境遇」之原因，信乎惠言亦有見於此，蓋其後周濟詞論中，即曾提到二者之重要。

況周頤於《詞學講義》中云：「詞，說文：『意內而言外也』，意內者何？言中有寄託也。」故「意內而言外」說，於常州詞學理論中，乃作爲寄託說之心理過程義。張惠言雖不明標「寄託」二字，究其實，

───────────

〔註4〕見王先謙《漢書補注》引李奇語。
〔註5〕見顏師古注《漢書》。

其「意內而言外」說所顯露之觀念，即「寄託」之觀念，惟其寄託觀念乃本風騷觀念而得，而非本詞中寄託事實以言。以「意內而言外」之觀念，作為寄託說之奠基石，使寄託說有根可附，而不致如空穴來風、不知究何所指，此即惠言用心良苦之處。

「明諸內者，故可以適其用，見諸外者，故可以張其教」，〔註6〕此宋人孫復以為「意內」與「言外」分別可致用之效果，余以為惠言闡發「意內而言外」說，此「意內」與「言外」，亦分別帶有「適用」與「張教」之作用；詞之心用說，即帶有「明諸內者，故可以適其用」之意；詞之世用說，即帶有「見諸外者，故可以張其教」之意。觀惠言與陳廷焯以幽微之心評註溫庭筠〈菩薩蠻〉，〔註7〕即可證明，究其因，與張惠言固守詩詞同源同用說有極大關係。

二、詩詞同源同用說

張惠言於《詞選・序》「傳曰：意內而言外謂之詞。其緣情造端，興於微言，以相感動。極命風謠里巷男女哀樂，以道賢人君子幽約怨悱，不能自言之情，低徊要眇，以喻其致」之後，即接續曰：「蓋詩之比興，變風之義，騷人之歌，則近之矣。」如此一來，前段之心理分析觀，即從風騷之心理觀以言。周濟於《味隽齋詞・自序》中曾云：「吾郡自皋文、子居兩先生開闢榛莽，以國風、離騷之旨趣，鑄溫、韋、周、辛之面目。」以上所言，皆惠言詩詞同源說之直接證據。惠言曰風騷與詞「則近之矣」，以下則將其心中以為風騷與詞相近之說闡述於下，借以明瞭惠言心目中之詞，究竟有何特色？雖然《詩經》之真象仍待考證，未了然真象前，似不宜借之為說，然惠言所援取之風騷，乃看重於詩經學（亦即後人釋風騷之觀念），而絕非詩經之事實，從觀念上言，余以為被後人闡釋之詩經觀念與詞之間，若不論時代因素，仍可有某種程度之近似。

〔註 6〕見孫復答張洞書，載於《孫明復小集》。
〔註 7〕見惠言《詞選》評溫庭筠詞與《白雨齋詞話》卷一評溫庭筠詞。

（一）詩之比興，變風之義

曰比興，曰變風，合之即《詩經》怨刺之意。《詩經》非全爲怨刺之作，確以怨刺詩最具價值，此種價值，則表現於詩歌、人民、時代三者間，唇齒相依、互通款曲之關係上，故《毛詩·序》云：「治世之音哀以樂，其政和；亂世之音怨以怒，其政乖；亡國之音哀以思，其民困；故正得失，動天地，感鬼神，莫近於詩。」常州詞家所看重於《詩經》者，即此關係。觀常州詞學，亦可意識到詞、作者、時代三位一體之關係。

詩經中之怨刺詩如何形成？《毛詩·序》言：「至於王道衰，禮義廢，政教失，國異教，而變風變雅作矣。」上位者爲政損德，失信於民，因而怨聲載道，哀聲四起，此即是變風變雅詩之由來。而「變風」者何？可從《詩·大序》中體會，即「達於事實而懷其舊俗」，仍能「發乎情，止乎禮義」之意。孔穎達更從時代之盛衰轉變，而說怨刺詩興起之情形：

> 夫天下有道，則庶人不議，治平累世，則美刺不興，何則？未識不善，則不知善爲善，未見不惡，則不知惡不惡，太平則無所更美，道絕則無所復識，人情之常理也。若其王綱絕紐，禮義消亡，民皆逃死，政教紛亂。易稱「天地閉，賢人隱。」於此時也，雖有智者，無復譏刺。……然則變風變雅之作，皆王道始衰，政教初失，尚可匡而革之，追而復之，故執彼舊章，繩此新失，覬望自悔其心，更尊正道，所以變詩作也，以其變改正法，故謂之變焉。

詞之時代背景與《詩經》時代背景迥異，然而不可否認者，亦有近似之處。變風之起，以興衰治亂爲關鍵，而北宋多懽愉之詞，因遭時而變，愁苦之言遂起，此與變風興起之迹，有極相似處。至於謂《詩經》中「無復譏刺」，乃因「王綱絕紐」；宋詞步入寒蟬噤閉之時期，亦與治道之衰頹有關。撇開時代背景不論，此即《詩經》與詞相近之理。

復觀《詩經》中實際怨刺之作，若依「不平之鳴」之深淺程度，可將怨刺詩大別爲二：第一類爲直刺不隱之作，目的在直刺爲政者之

悖德失信，如〈小雅・節南山〉、〈大雅・民勞〉、〈大雅・板〉，此類大諫之作皆變雅之作，惠言《詞選・序》僅稱變風而未言變雅，即因此類詩作直言不諱，根本無比興寄託可言。第二類怨詩，作者多依違曲諫，自慨怨悱，以一己之心攬眾民之心而抒發幽怨之氣，變風詩作大多屬之，然亦有部分變風詩作，雖主溫柔敦厚，以其多用比說，亦無法稱得上幽約要眇之作，如〈魏風・伐檀〉、〈魏風・碩鼠〉、〈陳風・株林〉等。故知惠語於《詩經》多看重變風之義，而非變風之實，蓋此類變風詩作之主旨，較之變雅大諫之旨，確實已含蓄溫和許多。如務必尋出《詩經》中何類作品，與惠言「意內而言外」之詞差可相近，大約可以《王風・黍離》為代表，因此類詩之作者，原是「六情靜於中」，遭「百物盪於外」而「情緣物動、物感情遷」者（《毛詩正義・序》），此類詩作雖未似寄託詞作幽微難理，於《詩經》中已稱得上極盡幽約怨悱之能事，信必惟有此類作品，方為惠言上溯《詩經》時所看重者。然而，後世之詞極盡幽微之能事，實非他體所可比擬，繆鉞於〈論詞〉一文云：

> 若論「寄興深微」，在中國體製中，殆以詞為極則。詩雖貴比興，多寄託，然其意緒猶可尋繹。阮籍詩言在耳目之內，意寄八荒之表，號為「歸趣難求」。然彼本自有其歸趣，特以時代縣遠，後人不能盡悉其行年世事，遂「難以情測」耳。若夫詞人，率皆靈心善感，酒邊花下，一往情深，其感觸於中者，往往淒迷悵惘，哀樂交融，於是借此要眇宜修之體，發其幽約難言之思，臨淵窺魚，若隱若顯，泛海望山，時遠時近。（《詩詞散論》）

此即詩與詞在「寄興深微」上之分野，雖說如此，千百年後，唐宋新興之詞，確實可於《詩經》中尋覓其影。此即撇開時代差距，而言詩詞同源同用之理由。

（二）騷人之歌

溯源《離騷》之主要目的，即在學《離騷》之心。《史記・屈原

列傳》曰：「離騷者，猶離憂也。」「離騷」一詞，通常若非解爲「牢騷」，即解爲「遭憂」，近人又以爲「離」字有「發抒」與「陳布」之意者，〔註 8〕然則「離騷」即攄抒不得志者心中之言，此說即減弱屈原怨刺之義，而強調屈原幽約之心，援此觀點以談溯源《離騷》之用，更能將兩者之距離拉近。上溯《離騷》，即求以己心浸潤於《離騷》之心，《離騷》之心有何特色？程廷祚曾云：「其聲宜于衰晚之世，宜于寂寞之野，宜於放臣棄子之願悟其君父者。」〔註 9〕此即衰世暮年中，孤臣孽子心之寫照。推闡常州詞學甚力之陳廷焯嘗言：「沈鬱頓挫，忠厚纏綿，楚詞之本也。」（《白雨齋詞話》）沈祥龍於《論詞隨筆》中亦曰：「故詞不得楚騷之意，非淫靡，即粗淺。」惠言評飛卿〈菩薩蠻〉，強謂溫詞有「感士不遇」之意，亦深受《離騷》之影響，無論創作或鑑賞，詞中多援楚騷以爲用之例子。寄託詞作之作者，皆有境遇、身世之悲，彼等哀思與其說是接近《詩經》作者之哀思，毋寧說更肖屈原之哀怨，此即寄託說溯源楚騷所欲借鏡之處。至於學楚騷之作法，此非詞人溯楚騷之主要目的，蓋「楚辭以香草善鳥比喻忠貞，惡禽臭物比喻讒佞，虬龍鸞鳳比喻君子，飄風雲霓比喻小人，皆屬於顯比之類。」〔註 10〕溯源楚騷，當非規矩其作法，惠言所謂「感物而發，觸類條鬯」（《詞選・序》），即言詞以「興」爲用，「比」於詞中則僅爲點綴。溯源離騷之目的，乃因詞人之心與屈原之心相近，故欲援之以說明詞人怨悱之心亦是楚騷之遺聲。〔註 11〕

〔註 8〕楊柳橋所撰〈離騷解題〉一文，以爲《離騷》之「離」有「發抒」與「陳布」之義，又曰《離騷》中「懷朕情而不發兮，余焉能與此終古」，乃《離騷》主旨所在，並舉《左傳・昭公元年》：「楚公子圍設服離衞」，杜預《集解》曰：「離，陳也。」爲證，說「離」乃「攦」之借字，又舉《說文》：「攦，舒也」以爲證。此文載於《文學遺產增刊》第一輯。

〔註 9〕見程廷祚所著《騷賦論》，載於《清溪集》卷三，力行書局景印金陵叢書乙集。

〔註 10〕見楊次道所撰〈賦比興的研究〉一文，載於《學藝》第九卷第八號。

〔註 11〕參正文所引包世臣《金筬伯竹詞・序》：「迄唐氏季世……蓋意内言

　　以上所言即詩詞同源同用説。惠言於《詞選‧序》「蓋詩之比興，變風之義，騷人之歌則近之矣」後，又曰：「然以其文小，其聲哀，放者爲之，或跌蕩靡麗，雜以昌狂俳優；然要其至者，莫不惻隱盰愉，感物而發，觸類條鬯，各有所歸，非苟爲雕琢曼辭而已」，此言若合以包世臣之《金篋伯竹詞‧序》相參，更能明瞭其含義：

> 詩、詞、賦三者，同源而異流。故先民之説詩也，曰：「微言相感，以諭其志」，其説詞則曰：「意內而言外」，而説賦則曰：「古詩之流」。又曰：「詩人之賦麗以則，詞人之賦麗以淫。」是詩與詞若有分疆畫界者，豈非以其觸景物而情有所寄托於美人珍寶，以爲諷諭雖本興之一義，而流弊有馴致乎？詩自漢氏分五、七雜言，迄唐氏季世，溫柔敦厚之教蕩然，已而倚聲迺出，其體異楚辭，襲詞名者，蓋意內言外之遺也，然其詩流傳之章，委約微婉，得騷人之意爲多，與其詩大殊。蓋其引聲也細，其取義也切，細故么而善感，切故近而善。（《藝舟雙楫》）

故知惠言亦本詩詞同源而異流之看法。異流之緣故，即金應珪《詞選‧後序》所言「此由音調所成」、「聲彌近則彌悲」之因素使然，此外，亦與詞體質性有關，〔註12〕惠言曰：「其文小，其聲哀」，已隱約透露詩、詞文體之異數。雖曰異流，其旨歸則相通，金應珪《詞選‧後序》以譬喻爲説，亦頗能與惠言前論互相彰顯，金氏曰：「譬之纂繡異製，而合度於鑷，蛾眉各盼，而同美於魂」，故惠言於詩詞異製亦非全無概念。詩詞同源同用説，惠言並非率先登高一呼者，然而其詩詞同源同用説力傾於「溫柔敦厚」、「幽約怨悱」之旨，將其闡釋得如此重大，無可否認，惠言較諸他人，更強烈地重視詩詞同源同用之意義。

三、詞選之取捨

　　將「詞選之取捨」視爲張氏詞學觀之一，乃因選抄去取之間，即

<hr>

　　　外之遺聲也。」
〔註12〕同註3。

寓有編者之價值判斷。〔註13〕嚴格而言，惠言非一理論建設型之詞學專家，《詞選‧序》雖爲一篇大論，然僅作爲選抄去取之附序，故惠言應爲以選抄去取而卓然有名之鑑賞家。其詞學觀仍未精密、周全，與其並非以理論建設擅長者，有莫大之關聯。

　　詞選一編之最大特色，在去取嚴格，重質而不重量。惠言所選鈔，計唐詞三家、二十首，五代詞八家、廿六首，兩宋詞卅三家、七十首，總計一百十六首，若與董毅《續詞選》所補一百廿二首合計之，亦不過兩百卅八首。唐圭璋《全宋詞》網羅唐、五代至宋末元初詞，共計一萬九千九百餘首（殘篇不計），則《詞選》、《續詞選》所選作品之比例，僅佔《全宋詞》所收之百分之一，故取捨嚴格確爲《詞選》一書之特色。

　　從詞選序得知，惠言去取標準乃以質厚爲歸，若於質厚中又能曲盡詞之藝術特色，則爲詞中精品，如惠言《詞選‧序》云：「溫庭筠最高，其言深美閎約」，溫詞雖「閎約」已極，是否「深美」，尚有待商榷，然吾人可知「深美閎約」乃惠言所以爲詞之極則。其後之周濟曰兩宋大家皆「淵淵乎，文有其質焉」，又謂黃庭堅、劉過、吳文英之作，有「盪而不反，傲而不理，枝而不物」之弊，亦是以「質厚」爲檢衡標準。前文曾云浙派有過求典雅之趨向，常州詞派似乎有過求文質之情勢，究其因，可有下烈數點：

　　（一）前已言之，惠言之「意內而言外」說，雖不明標「寄託」二字，實則針對寄託而言，故受理論指導，不僅求以質厚爲歸，且其質厚偏向於溫柔敦厚，義有幽隱式之寄託，如浙派求醇雅之態度尚不足，尚需於醇雅中求不忘予人深思之深義，此方爲惠言取捨詞作之高度標準。宋翔鳳《香草詞‧自序》曰：「先生（皋文）於學皆有源流，

〔註13〕黃永武《中國詩學鑑賞篇‧自序》：「用選抄的態度去品評詩篇，無論是一代之中選數人，一人之中選數首，一首之中選幾句，或抄一本詩選，或在全集中稍作圈記，那入選作品的多寡，圈圈點點的疏密，都寓有鑑賞的價值判斷在其中……存刪去取之間，都表現出編者之趣向。」

至於塡詞，自得宗旨，其於古人之詞，必繩幽鑿險，求義理之所安，若討河源於積石之上，若推經度於辰極之表」，孟孫曰：「張皋文《詞選》，謂必有寄託乃高，故所選極嚴」（《聽秋聲館詞話‧提要》）。惠言選詞，非僅求質，具求有寄託心思之質，或不期然流露寄託色彩之質，前者多屬南宋詞作，後者多屬北宋詞作。

（二）惠言有鑑於詞蔽積惡，故其所選之詞多帶有示範觀摹之意味，如謝章鋌曾云：「張氏皋文之論詞，以有懷抱寄託爲歸，將以力挽淫艷猥瑣、虛栖叫呶之末習，其用意遠矣」，〔註14〕潘曾瑋於《周氏詞辨‧序》曰：「竊嘗觀其（按：指惠言）去取次第之所在，大要懲昌狂雕琢之流弊，而思導之於風雅之歸」，所言甚是，然不如惠言自述之義正辭嚴：

> 後進彌以馳逐，不務原其指意。破析乖刺，壞亂而不可紀。故自宋之亡而正聲絕，元之末而規矩隳。以至于今，四百餘年，作者十數，諒其所是，互有繁變，皆可謂安蔽乖方，迷不知門戶者也。今第錄此篇，都爲二卷，義有幽隱，並爲指發。幾以塞其下流，導其淵源，無使風雅之士，懲于鄙俗之音，不敢與詩賦之流同類而風誦之也。（《詞選‧序》）

（三）歷來詞集所收皆雅鄭不辨，不適於初窺詞壇堂奧者所宜，金應珪《詞選‧後序》因言：

> 昔之選詞者，蜀則花間，宋有草堂。下降元明，種別十數。推其好尚，亦有優劣。然則雅鄭無別，朱紫同貫。是以乖方之士，罔識別裁。蓋折楊皇荂，嗥而同悅。申椒蕭艾，雜而不芳。今欲塞其歧途，必且嚴其科律。

（四）選抄去取，可流露作者偏嗜之趣味。常州詞家選詞時，乃秉持「文乃人品文流露」此一取捨標準，如溫庭筠遭惠言誤解爲似有屈原之高卓品性，雖非確論，然頗能看出惠言之用心，又如惠言不取「放浪通脫」之言，亦是不屑詞人「放浪通脫」之習性，其後周濟謂

〔註14〕見謝章鋌跋《周氏詞辨》二卷一文，載於《課餘偶錄》卷四。

梅溪詞多纖巧,「余選詞多所割愛」,亦與梅溪「好用偷字,品格便不高」有關(《宋四家詞選‧序論》)。觀惲敬所撰〈張皐文墓誌銘〉中,其代傳皐文之語:「文章末也,爲人非表裏純白,豈足爲第一流哉!」即可了然其深意。

總之,編選《詞選》一書,張氏兄弟有以選抄去取之實際行動,藉以說明常州詞學重「文有其質」之宗旨,且於其中,亦已透露所重之質乃有寄託方能高卓之質。此一特色即或無《詞選》前後序之昭告,亦能一辨即明,更何況惠言已明示其用心於《詞選‧序》中。

除由《詞選》一書之去取,可闡明張惠言詞學觀外,《詞選》一書之評註,亦可供探討惠言之鑑賞觀、考據觀,然於此方面,惠言則「多深造自得之言」(《周氏詞辨‧序》),其深造自得之語多乏客觀性,故無可論處。

第二節 張惠言詞學之檢討

本節旨在檢討張惠言詞學觀之得失,其說若有未周密處,則指摘出,具亦不發其用心良苦處,庶幾能於惠言詞學觀有較客觀且全面性之認識。文中一部分仍採間接式之檢討法,亦即經由檢討潘德輿於〈與葉生名澧書〉中之異議觀點,以見惠言詞學觀是否爲其異議之說所中的。

一、有悖於詞之產生環境

惠言於《詞選‧序》曰:「詞者,蓋出于唐之詩人,採樂府之音,以制新律。因繫其詞,故曰詞。」此言常爲人所引,用以說明詞之形成,雖僅寥寥數語,無法道盡詞之形成過程中細膩周折部分,然已涵蓋詞之形成過程及其因素。僅就此言而論,實看不出有何破綻處,然癥結在於惠言繼云:「傳曰:意內而言外謂之詞。其緣情造端,興於微言……蓋詩之比興,變風之義,騷人之歌則近之矣。」一連串語句乃相互扣緊而言者:如「其緣情造端」之「其」字,乃上句「意內而言外謂之詞」此「詞」字之全稱代名詞,而「其緣情造端,興於微言」

之觀念又自風騷觀來。將之扣緊而說，則「意內而言外謂之詞」之
「詞」，不正似風騷性質之詞乎？張惠言如此界定詞，是否與初興時
期之詞相符合？

　　王易於《詩詞曲欣賞與作法研究》一書中云：「詞的來源，可以
從兩方面來說。若從『被諸管絃』一方面說，詞是淵源於樂府的；若
從格律一方面說，詞是淵源於近體詩的。」惠言界定詞時，乃就其內
容、觀念而言，故從格律問題探討不出所以然，較值得討論者爲樂府，
蓋樂調與曲詞常有關聯；換言之，雅鄭有別之樂音，必配合雅鄭有別
之曲詞內容，此雖非一成不變之公式，亦不致於悖離過遠，故探討樂
府，即可附帶探討出曲詞之內容趨向。

　　古樂府流傳至梁、陳、隋際，已不多見，唐世因不重用古曲，
致使古樂府能合管絃者僅寥寥數曲，此一事實可參《舊唐書・音樂
志》及王灼《碧雞漫志》等書。因古樂府流傳已少，六朝時已出現
自製之新聲，以應歌臺舞榭之需，〔註15〕此類新聲之肇因如何？徐
世溥曰：「子夜、懊儂諸辭，亦後世之風也。顧其淫聲甚於鄭衞，不
可以入風」，〔註16〕因知當時樂者已非古樂府之音，而所載曲詞亦屬
「六朝風華靡靡之語」。〔註17〕究其時唯美思潮方興，且偏安南隅，
君臣宴嬉，因助淫艷聲色之極，王世貞《藝苑卮言》曰：「六朝諸君
臣頌酒賡色，務裁豔語，默啓詞端，實爲濫觴之始。」六朝小令歌
謠之特色，於此可概見一斑。至隋、唐，又加入胡曲〔註18〕與俚詞
謠歌之採倣，〔註19〕綺靡浪漫，民歌韻味十足，此即隋、唐詞體肇
興期之特色。晚唐、五代詞之產生環境，即繼承此脈而來，且其詞
風較諸六朝濫觴期，更是變本加厲之聲色耳娛，歐陽烱《花間集・

〔註15〕可參嵇哲所撰《中國詩詞演進史》，第廿二章「詞之興起」所列六朝
　　　新聲曲名。
〔註16〕見徐世溥《悅安軒詩餘・序》。
〔註17〕見沈雄所編《古今詞話》引楊用脩語。
〔註18〕見《隋書・音樂志》、《舊唐書・音樂志》、《蔡絛詩話》等。
〔註19〕見劉禹錫《竹枝詞・序》。

序》云：「則有綺筵公子，繡幌佳人，遞葉葉之花牋，文抽麗錦，舉纖纖之玉指，拍按香檀，不無清絕之詞，用助嬌嬈之態。」以上所述，即詞於六朝濫觴期之事實及其於隋、唐、五代演進之狀況。

　　從文學史之角度視之，惠言所下詞之定義，根本與詞史流程不符，蓋以詞之初期產生環境而言，「賢人君子，幽約怨悱」式之詞作，斷不可能出現於此時。然詞演變至後，因時代家國之關係，確實興起與風騷相近之寄託詞作，如謂惠言界定詞時，援取此部分事實作爲定義，則又犯上以偏概全、倒果爲因之毛病。從文學史之眞象此角度觀之，吾人可義正辭嚴而言：惠言定義詞，多有悖於詞之產生環境。

二、運暝眩之法以瘳詞疾

　　對張惠言以風騷微旨界定唐宋新興之詞，可得出一個再供研究之疑點，即惠言果眞無視於當時詞之產生背景，抑或欲引領詞家近於古？眞象爲何？惠言《詞選・序》並無確切說明，然旁敲側擊之，亦可得出些許端倪。

　　實則惠言並非無視於詞之產生環境，觀其《詞選・序》「放者爲之或跌蕩靡麗，雜以昌狂俳優。然要其至者，莫不惻隱盱愉，感物而發，觸類條鬯，各有所歸，非苟爲雕琢曼辭而已」，先言靡麗雕妍之作，而後方云要其旨歸需有「觸類條鬯」之用，又謂「五代之際，孟氏、李氏，君臣爲謔，競作新調，詞之雜流」，若無視於事實，何有「跌蕩靡麗」、「昌狂俳優」、「競作新調」等述及事實現象之語。然「競作新調」，皆爲惠言視爲「詞之雜流」，由此可見，惠言乃視而不以爲然，並非果眞未見。然則惠言心目中詞之正流究何所屬？則非溫庭筠之「深美閎約」莫屬。而「深美」乃惠言本《離騷》眼光所給予之評價，周濟謂惠言「以國風、離騷之旨趣，鑄溫、韋、周、辛之面目」（《味雋齋詞・自序》），「鑄」字已說明惠言一切用心。蓋學《易》者多半以心轉物，常存一己之見於胸中，信惠言評溫氏〈菩薩蠻〉詞，亦必先存一《離騷》之見於心，而後復以

此心比附。因先入爲主之緣故，故以爲初起之詞必也主風騷之義，若非如此，溫詞必不致爲深文所周納。而風騷之見又緣何而興？由此一線索追問下，吾人可知一事實，即惠言乃本風騷微旨以界定唐宋新興之詞，此風騷微旨絕非當時詞作之特色，而是惠言加之於其上者，此非欲引領詞家近於古乎？

由此知惠言界定詞時，仍本詩詞同源同用觀，此即「起因的」（causal）解釋，[註20] 以溯源方式解釋由母體「詩」所衍育下之「詞」，目的即求詩、詞異中之同，然溯源法永不能解決詩、詞求分與求異之需要，故亦無法使詞自闢天地。經此一說明，吾人知惠言界定詞時，原不欲詞脫離詩之庇蔭而獨立，惠言乃在某一運動要求下，重新評估其心中所認定之詞，此某一運動，即上一章所述尊體之要求，又適巧詞中亦有寄託事實，故所言詞之定義，亦可視爲因見寄託詞作曾於詞史上大展身手，故欲推崇之，使之成爲規範詞體之模式。歸結而言，惠言界定詞時，曾歷一番曲折之心路歷程：從尊體需要言，因迫切需要尊體，故於詞中尋得與風騷性質相近之寄託觀念，以界定詞當有之定義；從寄託說之宣揚言，以比興寄託定義詞，目的即在復古與尊體。如此，惠言爲詞所下之定義，與詞之產生背景相悖，此一事實，可換另一角度解釋之：即寄託之事實乃後來方興，於詞初起時代，根本未有此類寄託詞作。惠言欲挾瞞天過海之勢，企圖以風騷微旨籠罩一切詞之定義，雖非客觀之論，實則正爲張惠言用來補救詞體弊端、尊崇詞體之不二法門，《尚書》曰：「若藥不瞑眩，厥疾不瘳」，惠言正有此意。若由此角度以檢討惠言詞學觀，復參之以第一章中各項事實，即能觀其通，而不致於一味稱揚或糾議惠言得失處。從益處言，溯源式之定義，可尊崇詞體，可規範詞蔽，是爲治本之法寶，亦爲治標之利器，而事實亦證明，自常州詞學興起後，亦無其他詞派起而反動之；從敝處言，溯源式之定義，多少已限制詞體之獨特生命。

[註20] 見韋勒克與華倫合著之《文學理論》，第二篇導論部分。

三、創作觀及鑑賞觀之檢討

　　惠言上溯風，除援取風騷觀念以指導詞之觀念外，於創作、鑑賞上，必亦深受風騷之影響。由周濟《詞論》中，可得其創作、鑑賞之道，惠言則無明示，故此處所言創作觀與鑑賞觀之檢討，意即檢討惠言將風騷觀念落實、實踐於其實際創作、鑑賞上，究竟採取何種態度？且此態度是否正確？

　　惠言之鑑賞觀，吾人可於詞選評註中尋得，至於創作觀，則除觀其實際創作外，似無他處可尋，若勉強究之，如《詞選‧序》「緣情造端，興於微言，以相感動。極命風謠里巷男女哀樂，以道賢人君子幽約怨悱，不能自言之情，低徊要眇，以喻其致」一段，若捨「幽約怨悱」、「溫柔敦厚」之義，純從創作時之心路歷程視之，則此段可作為惠言之創作觀。由其中可體會一事實，即「比」並非詞中創作手法之主流，「興」方為大本。此一見解並無悖於事實，舉惠言〈六醜薔薇謝後作〉，可明其實際創作，亦以興用為主：

> 便風風雨雨，看眼底韶光都歇。道春竟歸，春來多少恨，無限凝積。長記尋春草，一枝紅粉，壓心頭千疊。東君不管春狼藉。落盡桃顆，雕殘杏纈，回頭已無踪跡。只新叢細蕊，還賸芳澤。　　花工拋擲，為群芳暗泣。試問春何在，難重憶。東風也解珍惜。向蒼苔扶起，幾番欹側，低回久更休相憶。便留一朵嬌紅獨自，奈他深閉。飄零處芳意難減。有暗香遠過春前去，梅花識得。

若惠言於創作上亦曾接受風騷之指導，必是取風騷之神以影響其創作，因於其詞作中，實見不到風騷本色之痕跡，故惠言之寄託創作觀並無大漏洞處，此處亦無需多言。

　　需特別指摘者，乃惠言鑑賞之道，確有援風騷觀念而食古不化之病，亦即其鑑賞詞作時，多無法如創作詞作時接受風騷觀念之影響而又跳脫其樊籠。

　　惠言之鑑賞觀，即以心理分析法為鑑賞原理，而以道德倫理為鑑

賞依歸，此道德倫理觀即爲風騷觀。若從「以意逆志」之觀點言，則惠言以爲詞家亦應有類似風騷作者之處境、身世，而其詞作亦應有近似風騷之內容。茲將《詞選》、《續詞選》中此類「義有幽隱，並爲指發」之評論，摘錄於下，以明惠言之心態：

《詞選》部分：

溫飛卿　菩薩蠻

此感士不遇也。篇法彷彿長門賦，而用節節逆敍。此章從夢曉後領起「懶起」二字，含後文情事。「照花」四句，離騷初服之意。

以下十三篇逐一比附，而於最末章曰：

青瑣、金堂、故國吳宮，畧露寓意。

溫飛卿　更漏子

此下三道亦菩薩蠻之意。

韋端己　菩薩蠻

此詞蓋留蜀後寄意之作，一章言奉使之志，本欲速歸。此章述蜀人勸留之辭，即下章云「滿樓紅袖招」也。江南即指蜀，中原沸亂，故曰：「還鄉須斷腸」。上云「未老莫還鄉」，猶冀老而還鄉也。其後朱溫篡成，中原沸亂，逐決勸進之志。故曰：「如今却憶江南樂」。又曰：「白頭誓不歸」。則此詞之作，其在相蜀時乎？

馮正中　蝶戀花

三詞忠愛纏綿，宛然騷辨之義。延巳爲人，專蔽嫉妒，又敢爲大言。此詞蓋以排間異己者，其君之所以信而弗疑也。

歐陽修　蝶戀花

「庭院深深」，閨中既以遠遠也。「樓高不見」，哲王不寤也。「章臺」、「遊冶」，小人之徑。「雨橫風狂」，政令暴急也。「亂紅飛去」，斥逐者非一人而已。殆爲韓、范作乎？

蘇軾　卜算子黃州定惠院寓居作

此東坡在黃州作。鮦陽居士云：「缺月，刺明徵也。漏斷，

暗時也。幽人，不得志也。獨往來，無助也。驚鴻，賢人
不安也。回頭，愛君不忘也。無人省，君不察也。揀盡寒
枝不肯棲，不偷安於高位也。寂寞沙洲冷，非所安也。」
此詞與考槃詩極相似。

陳子高　菩薩蠻
此刺時也。

辛棄疾　摸魚兒淳熙己亥，自湖北漕移湖南，同官王正之置
　　　　酒小山亭爲賦
鶴林玉露云：「詞意殊怨。『斜陽煙柳』之句，其與生「未
須愁日暮，天際乍輕陰」者異矣。」「聞壽王見此詞頗不悅，
然終不加罪也。」

辛棄疾　賀新郎別茂嘉十二弟
茂喜蓋以得罪謫徙，故有是言。

辛棄疾　祝英臺近
此與德祐太學生二詞，用意相似。「點點飛紅」，傷君子之
弃。「流鶯」，惡小人得志也。「春帶愁來」，其刺趙、張乎？

姜夔　暗香
首章言己嘗有用世之志。今老無能，但望之石湖也。

姜夔　疏影
此章更以二帝之憤發之，故有昭君之句。

王沂孫　眉嫵　新月
碧山詠物諸篇，竝有君國之憂，此喜君有恢復之志，而惜
無賢臣也。

王沂孫　慶清朝　榴花
此言亂世尚有人才，惜世不用也。不知其何所指？

無名氏　綠意
此傷君子負枉而死。蓋似李綱、趙鼎之流。「回首當年漢舞」
云者，言其自結主知，不肯遠引，結語喜其已死，而心得
白也。

《續詞選》部分：

  蘇軾　水調歌頭

    忠愛之言，惻然動人。神宗讀「瓊樓玉宇，高處不勝寒」
    之句，以為終是愛君，宜矣

  德祐太學生　百字令與祝英臺近

    （按：此二首可確信乃諷刺賈似道，故不引。）

　　此處欲加以說明者，《詞選》、《續詞選》頗有考證失實處，因
「常州派詞學研究」〔註21〕一文已考證極詳，為免多述無益，故本
文不擬重述惠言之考證觀。此處僅檢討惠言鑑賞之態度，冀從此中
尋出其鑑賞態度之弊病，則何為正確之鑑賞態度，亦能於反說中自
行領會。

　　觀以上所摘錄之附註，可知惠言指發自認為「義有幽隱」之詞作，
大多均以《離騷》本義為歸，惟有引《鶴林玉露》評蘇軾〈卜算子〉
曰：「此詞與考槃詩極相似」，及評韋莊三首尚能針對當時環境以言，
而不受離騷指導外，餘如其評溫飛卿〈菩薩蠻〉：「離騷初服之意」、
評馮延巳〈蝶戀花〉為「宛然騷辨」、評歐陽修〈蝶戀花〉為「哲王
不寤」、評辛棄疾〈摸魚兒〉引《鶴林玉露》之「（壽皇）終不加罪」、
評王沂孫〈慶清朝〉為「惜世不用」、評無名氏（按：即張炎）〈綠意〉
為「喜其已死，而心得白」，此皆宛然《離騷》本色，何以有此懸殊
分野？究其原因在於：

　（一）《楚辭》較《詩經》具更明確之旨意，此騷旨即「忠愛纏綿」
　　　　也，且騷辨作者群較單純，其個人化之色彩亦較濃烈，故易
　　　　於摭括出明確之《離騷》象徵義。

　（二）自古以來，《楚辭》即為人說成有怨君之意，如《史記》、《漢
　　　　書》皆主此觀，宋朱熹曾謂《楚辭》非全為怨君，〔註22〕雖

　　　　　　　　　　　　　　　　　　　　　　　　

〔註21〕見吳宏一先生《常州派詞學研究》一書，第三章第二節「鑑賞論及
　　　　考證」。
〔註22〕朱熹曰：「《楚辭》不甚怨君。今被諸家解得都成怨君，不成模樣。」

曰如此，《離騷》成爲忠君愛國、志士不遇之代名詞，似乎亦
是掙不開之事實。

故惠言鑑賞詞作時，雖多由「詩之比興，變風之義，騷人之歌則
近之矣」此一角度鑑賞之，實則多偏好以「騷人之歌」爲鑑賞指標，
亦因此，惠言以爲被鑑賞之作品，亦當有類似騷辨之櫽栝義。《詩經》
因較難尋出涵蓋性之旨歸，故惠言於評註時，亦較少以《詩經》內容
解詞。然而《詩經》所顯示「溫柔敦厚」之諷喻觀，則強烈影響其鑑
賞時之態度。由上列評註中，吾人可顯然見出其所賦予詞之諷諭功
能，如其評陳子高〈菩薩蠻〉曰：「此刺時也」，又如引自《鶴林玉露》
之句比字附，雖不明言刺，而實即刺。於惠言心中，以上諸詞均有《離
騷》哀感之內容與背景，亦皆具變風諷世溫柔之作用。前人有「深文
羅織」，〔註23〕「膠柱鼓瑟」之譏，〔註24〕即指此一弊端。

曰「深文羅織」，曰「膠柱鼓瑟」，乃言其方法不當，不得就此謂
詞中無「幽約怨悱」一旨。歷代詞評家亦有以風騷觀鑑賞詞作者，試
觀彼等如何援風騷觀以鑑賞詞作，一經比較，當能明瞭惠言鑑賞之道
其弊何在？

王灼　　《碧雞漫志》
> 邦彥能得騷人之意旨，此其詞格之所以特高歟？

張耒　　《東山詞‧序》
> 方回樂府妙絕一世，……幽索如屈宋。

楊萬里　　《誠齋詩話》
> 近世詞人，閒情之靡，……惟晏叔原云：「落花人獨立，微
> 雨燕雙飛」，可謂好色而不淫矣。

馮煦　　《宋六十一家詞選‧例言》
> （少游）所爲詞寄慨身世，閒雅有情思，酒邊花下，一往

見於《朱子語類》卷一百三十九。
〔註23〕見王國維《人間詞話》。
〔註24〕見張祥齡《詞論》。

而深，而怨悱不亂，悄乎得小雅之遺。

譚獻　《譚評詞辨》

石湖詠梅，是堯章獨到處。「翠尊」二句，深美有騷辨意。

以上所舉者，亦被視爲肖騷旨之隱微，然評語所顯示者，乃爲騷辨之遺義，而非騷辨之本意。惠言以騷辨爲鑑賞之指標，乃原原本本襲風騷「忠君愛國」、「怨君」一途，而前舉諸評家則師風騷之神以爲鑑賞之用。進一步言，惠言以爲詞家不寄託則已，否則必有與屈宋相同之心、境與恨，前舉諸評家則以爲詞人之寄託，亦有類似屈宋創作動機般有苦難條鬱，必需婉情以道之之心、境與恨，然「忠愛纏綿」式之所「怨君」，於詞中則轉換成騷人墨客之寄慨。諸詞評家援詩三百以鑑賞，乃看重「無邪」、「風人」、「好色而不淫」、「小雅之遺」等義，亦即謂詞之精神乃詩之精神之遺，或詞教乃詩教之餘緒，非謂詩主諷世溫柔而詞亦必主此作用。然則詞中作者當時創作心靈如何？即「無可與語，感喟良深」，〔註 25〕或「只是一感歎，無可說處，借題一發洩耳」〔註 26〕般，求興寄婉惬與抒寄幽憤而已。詞中運用風騷觀，已非食古不化式之全盤移植，若惠言仍以師風騷之象，而非師風騷之神以釋詞，必將走火入魔，導人入歧途。

細思之，不正顯示惠言政治羣學觀之心理。政治群學觀，表現於文學中，即寄託、諷諭之流。〔註 27〕惠言以羣學觀賞析詞作，與其本身爲一經學家亦有關係。羣學觀早於兩漢即蔚爲大波，其後隨時代與文學觀念之演進，方漸去其濃厚之教訓意味，今見惠言以「哲王不寤」、「愛君不忘」、「君不察也」、「聞壽王見此詞頗不悅，然終不加罪」等重語以評前人之詞，此非「遠之事君」、「聞之者足以塞違從正」（《毛詩正義・序》）之再次宣告乎？

〔註 25〕見麥孺博評黃孝邁〈湘春夜月〉一闋，引自《藝蘅館詞選》。
〔註 26〕見陳廷焯《白雨齋詞話》中評周密〈瑤華〉一闋。
〔註 27〕見黃維樑所撰〈中國詩學史上的言外之意說〉一文，載於《詩學》第二輯，巨人出版社。

最後欲說者為惠言之鑑賞原理，此亦導致惠言犯誤之一因。惠言之鑑賞原理，亦即直感式、聯想式之印象批評法，舉惠言評溫詞〈菩薩蠻〉即可明瞭，其評語曰：「此感士不遇也……『照花』四句，離騷初服之意。」惠言必先存《離騷》之意而後比附溫詞，此點前文已有述。「離騷初服」，此即《離騷》中「進不以離尤兮，退將復吾初服，製芰荷以為衣兮，集芙蓉以為裳」之意，而「照花」四句即指「照花前後鏡，花面交相映，新貼繡羅襦，雙雙金鷓鴣」四句。僅能謂此二語有相似之筆法與字面而已，除此之外，尚無其他可通之處。惠言必以為此乃一種脫胎換骨之運用，故運用其直感式之聯想能力，使「照花」四句與「離騷初服」產生關聯，又因溫詞象徵意味極濃，有令人自任一角度皆可解釋之方便，因而更適於比附。張氏聯想能力毋寧已至觸處可通、觸處可逆之地步，如其評晏殊〈踏莎行〉：「此詞亦有所興，其歐公蝶戀花之流乎？」二詞之思路、詞彙確有想似之處，然「相似」是否即謂歐、晏二人創作心思、目的均相似？由此二例之觸發，可一步步趨入常州詞派鑑賞觀之核心問題：即從考證一闋詞之真象而言，常州詞派毋寧是未得真象，反導人於大惑不解；從鑑賞一闋詞之價值而言，常州詞派確能增添每一闋詞之附加價值。其後之周濟鑑賞觀即從惠言開出，不過惠言有時過求比附，實已至令人作嘔地步。張惠言鑑賞觀可謂過大於功，然亦非全無是處，任一由惠言發展出之觀點皆可作如是觀，而任一惠言所提示之觀點，亦皆可以周濟《詞論》中尋得恢拓之痕迹。對惠言此一有「功」之鑑賞觀，此處暫不提，將留待第三章中申述。

總上而言，惠言鑑賞觀仍為孟子「以意逆志」法之沿續，此類解詩法在運用超然精微之思，以觸類旁通法為原則，而求心與詩間直感之妙，此乃絕對主觀之文學批評法。

四、「異議四農生」之諍論

朱祖謀云：「回瀾力，標舉選家能。自是詞源疏鑿手，橫流一別

見淄澠。異議四農生。」〔註28〕此詞說明常州詞派正於詞壇一展雄風時，亦曾有人作大聲之撻伐。潘德輿，字彥輔，山陽人，其於〈與葉生名澧書〉中，曾對惠言《詞選》有過異議，是否能代惠言尋出有力證據以反駁潘氏異議？如能於此一問題上得出結論，則此結論或許能使人對惠言詞學觀有更多之認識。

爲明瞭潘氏異議所在，茲將此文抄錄於後：

> 承以陽湖張氏《詞選》見示，其序頗爲大言。謂詞學亡于宋末，四百年來，作者安蔽乖方，不知門户，因選此編，塞流導源，使人知風雅，懲鄙俗，可謂抗志希古，標高揭己者矣。僕究其所錄，則宏音雅調，多被排擯，纖猥之作，時一采之。如太白之憶秦娥，雄視百代，猶待外孫補入。其序稱南唐孟蜀君臣頗有絕倫之篇，而蜀王昶〈摩訶池上〉一作，風格天秀，本無可訾，東坡因追憶未眞，故爲點竄，詎能冰寒於水？此編舍昶取坡，豈爲解人？其佗五代北宋有自昔傳誦，非徒隻句之警者，張氏亦多恝然賞之，豈力求翻案，故遇此名構，轉加芟薙歟？竊謂詞濫觴于唐，暢于五代，而意格之闡深曲摯，則莫盛于北宋，猶詩之有盛唐，至南宋則稍衰矣。張氏於北宋知名之篇，削之不顧，南宋尚何問焉？若飛卿〈菩薩蠻〉諸作，語信奇麗，要亦張氏序中所譏雕琢曼詞者也，錄至十八首，董氏補錄玉田之作，亦至二十三者，唐飛卿、宋玉田固稱俊傑，然通唐宋二代，不過錄二百餘首，何于溫、張多取如是？夫欲求復古，而以張之雕研示人，其何能復古也？至坿錄序文謂詞學之衰數百年，而其友人斷然千古。大言如此，及反覆咀誦，距宋人尚遠，復古談何容易，例之唐宋正編補編間，夸而不量力矣……。張氏昆弟立言太侈，僕雖讕劣，尚能一辨，以求是非之公，足下其參訂之。

關於潘氏異議所在，試分下列數點探討：

〔註28〕見朱祖謀品題《茗柯詞》之〈望江南〉詞第十三首，載於《彊村語業》卷三。

（一）針對《詞選》一書去取得當與否之諍議

太白〈憶秦娥〉、孟昶〈玉樓春〉，經前人辨證，已確知為偽托之作，〔註29〕不知惠言是否有見於此？此一問題姑且不論。潘氏以為惠言既以風雅為旨歸，《詞選》一書有「宏音雅調多被排擯，纖猥之作，時一采之」之病，「纖猥之作」即指東坡〈洞仙歌〉之類。〈洞仙歌〉雖在《詞選》中較為纖豔，但亦非猥作，末二句「但屈指西風幾時來？又不道流年暗中偷換」，確有筆直意婉之妙。關於「宏音雅調，多被排擯」，在前文已述及惠言取捨詞作之標準，其因素皆可影響《詞選》之去取。惠言選抄去取間皆有其目的，所看重者必是合乎其詞學理論者，而潘氏則重「意格之閎深曲摯」，此與重寄託想必亦有分際。有意格未必有鬱勃之情，有寄託亦未必定取意格之深遠，想必此是潘、張二人之殊路，故重意格亦非無道理。潘氏之諍論有其客觀點，然亦動搖不了《詞選》一書之價值。當時人對《詞選》一書之看法。有正反不同之論調，如丁紹儀《聽秋聲館詞話》曰：「……矜嚴已甚。顧學之者，往往非平即晦。蓋詞固不尚尖艷，亦不宜過求雅正。如彈古瑟，誰復耐聽？」即以常州詞家而言，其詞作亦多晦黯難理，此大約即是《詞選》一書所帶來之毛病，然而謝章鋌之言當更客觀：

> 昔朱竹垞撰《詞綜》，以雅為宗，讀《詞綜》則詞不入於俚，讀皋文此選，則詞不入於淺，且使天下不敢輕易言詞，而用心精求六義，皋文之有功於詞，豈不偉哉！……皋文將引詞家而近於古，其立言自不得不爾，學者當觀其通焉……。〔註30〕

「當觀其通」一語頗重要，《詞選》一書乃以質勝，非以量勝，且其所選又多為質善者，故佳詞當不必僅為《詞選》所選，要之乃把握惠

〔註29〕〈憶秦娥〉一闋，見詹鍈所撰〈李白菩薩蠻憶秦娥詞辨偽〉一文，載於《李白詩論叢》。孟昶〈玉樓春〉一闋，可見宋翔鳳《樂府餘論》。

〔註30〕見謝章鋌張惠言《詞選・跋》，載於《賭棋山莊文集》卷二。

言取捨《詞選》之主要原則，而後再觸類旁通，則不《詞選》一書所局限也。檢討惠言《詞選》取捨之得失，亦當合第一章中「尊體說」與「浙派、陽羨派之積弊」以觀。《詞選》一書縱然有其小疵，然亦不可廢其醇旨。

（二）北宋知名之篇削之不顧，南宋尚何問焉之諍議

言下之意，似有惠言無視北宋詞，則南宋詞又有何益之見。常州詞派非不看重北宋詞，從《詞選・序》視之，從以後周濟品評南北宋詞，皆可看出此一事實，譚獻於《篋中詞》，更明說此派能「振北宋名家之緒」。潘氏以為「竊謂詞莫備於宋，莫高於北宋，詞尊北宋，猶詩崇盛唐，皆直接三百篇漢魏樂府者也」（《養一齋詞集・自序》），亦認為學詞當取法乎上，莫效南宋也，實則此亦一偏之見，潘氏多受意格所影響。常州詞派非但不忽略南宋詞，且主張南宋詞更有其妙義，即不直尋北宋，而採漸進浸潤、步步追步法以上溯北宋，此一法門將留待周濟《詞論》中申述，此處僅約略提及而已。此乃潘、張二人主學之法有異，潘氏於《養一齋詞集・自序》曰：「自竹垞以白石、玉田導人，已殊中聲，迦陵師稼軒，凌厲有餘，未臻虛渾，一代作手悉數不審誰屬。余中年頗汎濫於稼軒、玉田兩家，數歲來，欲參北宋一唱三歎之旨，恨才思庸下，萬萬不足以追躡也。」恐潘氏所謂一代作手「不省誰屬」之因，皆在以迹論求，故才情不及所學之人，則未足追躡古人，譚獻《篋中詞》即謂：「宜養一齋詞平鈍淺狹，不足登大雅之堂」，此即有法與無法之別。譚獻又謂：「張氏之後，首發難端，亦可謂言之有故，然不求立言宗旨，而以迹論，則亦何異明中葉詩人之佅口盛唐耶……然其鍼砭張氏，亦是諍友。」（《篋中詞》）可知潘氏此項異議，亦未能貶損惠言分毫。

（三）以玉田雕研示人，不足擔負復古重責之諍議

惠言確有以玉田為復古之用意，但是與張先、蘇軾、秦觀、周邦彥、辛棄疾、姜夔、王沂孫等合說，並無特別突顯玉田之地位，且惠

言僅錄玉田〈高陽臺〉一首，即使將無名氏（按：張炎）〈綠意〉一首亦算入，不過兩首而已，二十三首之多乃董毅所補入。玉田頗有雕琢之詞，尚無法臻於善美，如董毅《續詞選》所選之〈渡江雲次趙元父韻〉、〈甘州寄李筠房〉等詞，吟哦之，總乏層轉而深、渾灝鬱厚之氣韻。但如惠言所錄〈高陽台西湖春感〉一首則又非玉田其他之作所可比擬，如陳廷焯即評爲：「凄涼幽怨，鬱之至，厚之至，與碧山如出一手，樂笑翁集中亦不多觀」（《白雨齋詞話》）。故潘氏所謂抬高玉田復古地位，所謂以「雕研示人」，此皆針對董毅而言，在惠言則無此見也。董毅乃因《詞選》一書取捨過嚴，而補錄此二十三首，但何以單獨補張炎多至二十三首，想必是董毅自己之見，故諍論若是針對董毅而發則所言誠然。

（四）以飛卿雕琢曼詞，竟錄十八首之多之諍議

近人如溫廷敬〔註31〕、夏承燾，〔註32〕皆能從新角度說溫詞亦有身世、境遇之感，只是絕無惠言般說「感士不遇」而具騷辨之義。故潘氏以爲溫詞乃爲「雕琢曼詞」，此語本身已不能令人信服，而潘氏說溫詞爲惠言收錄有十八首之多，謂此「雕琢曼詞」何足取之，實在亦未擊中惠言要害，因惠言說溫詞之「深美閎約」，有其個人之殊見，故潘氏之異議撲空。但如此一說，亦無法爲惠言申辨，其心中之溫詞仍非事實中之溫詞，因而曲解溫詞，此乃不可饒恕之失誤。即使惠言果能看清溫詞之眞相，溫詞誠綺麗有餘，亦不可太過標榜，蓋溫詞如金碧山水，不善學者學之，則滿篋丹青拼圖而已。明季、清初詞人多半效《花間》而僅得皮相。故溫詞當如天際明星，適於企盼、仰望，而不適於近摘。觀惠言似亦有此意，嘗曰：「溫庭筠最高，其言深美閎的」，所謂高者，如遠天之明星。且惠言又舉張先以下八家，謂皆「淵淵乎，文有其質焉」，殆以爲此輩詞家可擔當復古之責，故惠言當亦有不即主

〔註31〕見溫廷敬撰〈讀溫飛卿詩集書後〉一文，載於《國立中山大學文史學研究所集刊》第三卷第一期。
〔註32〕見夏承燾《溫飛卿年譜》。

從溫詞復古之用心，而觀後來周濟主由南宋入手，而後步步往上追之法，即可證明此一猜想。不主由溫詞入手，想必是因溫詞極美極「閦約」之關係，「溫詞給一般讀者最普遍突出的感覺，乃是其意難于捉摸，讀時深以其晦澀為苦，這乃是由他的結構和修辭方法所形成的……溫詞描繪方法，乃是選取每一具有特徵的生活事物細節，用精確豔麗的辭藻形象，集中地構成一幅人物圖畫，他常在一句中或句與句間，甚至全首裏去表面的聯繫，因此呈現出密麗的風格。」〔註 33〕溫詞特色如此，的確不易學好，常州詞人雖視之如珍寶，亦不敢主由此入手。

在有關溫詞之異議上，潘氏未見溫詞真相，亦未見惠言說溫詞「深美閦約」之另一義，而惠言亦強說其己見中之溫詞，對溫詞之見解，潘、張二人皆有缺失。

（五）常州詞作未臻善詣，何足與論復古之譏

潘氏以為常州詞作「距宋人尚遠，復古談何容易。」憑心而論，常州詞作確實與宋詞蘊藉之風尚隔一層，如宋翔鳳謂惠言為詞，「必窮比興之體類，宅章句於性情，聖於詞者也」（《香草詞・自序》），如譚獻云：「其（惠言）所自為，大雅遒逸，振北宋名家之緒」，又云：「茗柯〈水調歌頭〉，胸襟學問，醞釀噴薄而出，賦手文心，開倚聲家未有之境」（《篋中詞》），此皆因惠言有功於詞壇而過譽之。然常州詞作亦有其特色，常州詞家之詞乃學人之詞，宋人之詞乃詞人之詞。觀宋人詞，詞人之心跳動於詞上，欣賞者之心能瞬間與之相合；觀常州詞家之詞，雖亦有胸襟，然因主學，故詞人之心每黏滯於詞上，欣賞者多不能於瞬間求共鳴之應。賀光中論周濟時曰：「所作諸詞，按之而論，固亦有寄旨，惟能入而不能出，殊覺手不及眼，大抵過重寄託，多涉隱晦，如索枯謎，馴致情景反傷也」（《論清詞》），非僅周濟獨然，常州詞家皆犯此病。

〔註33〕見胡國瑞所撰〈論溫庭筠詞的藝術風格〉，載於《文學遺產增刊》第六輯。

　　然而是否未臻善詣即無法復古道？常州詞派力矯時病，以號召風雅爲職志，是欲以理論之建樹復詞學於古，非以本身實踐復古也，賀光中論周濟即謂：「止葊之詞論，最爲當時後世所推重。其能廣大而嚴整常州詞派之壁壘，不在其作，而在其詞論之精到深入，亦猶二張之領袖常州，不在《茗柯詞》、《立山詞》，而在《詞選》也。」(《論清詞》)

　　總上而說，潘德輿針對《詞選》一書之攻擊，有主觀之排擊，亦有少許客觀之益論。大體上言潘氏講求詞之意格閎深，與常州詞派嚴求立意，亦有相近處，故潘氏不在大觀念上推翻惠言所論，反稱許之：「因選此編，塞流導源，使人知風雅，懲鄙俗，可謂抗志希古，標高揭己者矣。」故潘氏所議者乃大醇中之小疵，實則其心默許不忤，因潘氏論詩亦主寄託〔註34〕、亦主「柔惠」。〔註35〕

〔註34〕潘德輿《養一齋詩話》卷一曰：「三百篇之體製音節不必學，亦不能
　　　　學。三百篇之神理意境不可不學也。神理意境者何？有關係寄託，
　　　　一也；直抒己見，二也；純任天機，三也；言有盡而意無窮，四也。」
〔註35〕潘德輿《養一齋詩話》卷十曰：「吾所謂性情者，於三百篇取一言，
　　　　曰柔惠且直而已。」

第三章　清常州詞派寄託說之建設期

第一節　周濟詞學導言

　　張惠言對常州詞派之貢獻，可以「蓽路藍縷，以啓山林」形容之。周濟論詞即植基其上，但又不墨守張說，反而能恢拓前說，擴大門庭。在未討論周濟詞論之前，茲先簡述以下兩個觀點，以爲周濟詞論之前奏。

一、周濟對張惠言詞學之恢拓

　　茲將周濟恢拓張惠言詞學之處，以條列式簡述於後：

　　（一）惠言寄託說所本在尊體，所作在溯源，其論詞之眼光多半揚上而不下，故言寄託說，多襲風騷之原樣。而周濟論寄託，眼光已能平視宋詞之寄託事實，且亦能落實於當時之時代以言。

　　（二）惠言並列蘇辛、姜張同歸於「淵淵乎，文有其質焉」之列。周濟則「退蘇近辛」、「糾彈姜張」、「劖刺陳史」、「芟夷盧高」而語其細分，除恢拓張說外，殆亦因不滿浙派家法而發。

　　（三）惠言詞選不錄柳永、黃庭堅、劉過、吳文英之倫，以其詞非淵奧質厚。周濟則謂耆卿之作多清眞所胎奪者，以爲「其鋪敍委婉，言近意遠，森秀之趣在骨。」（《介存齋論詞雜著》）又謂夢窗「立意高，取徑遠」（《宋四家詞選・序論》），是不可因二人之詞妍姿過綺而遮其雪質。

（四）惠言無示人創作觀與鑑賞觀，且《詞選》註文多被深文周納。周濟則示人創作觀與鑑賞觀，並責鑑賞之道於讀者。

二、周濟常州詞派家法之特色

（一）浙派所言「綺靡矣而不戾乎情，鏤琢矣而不傷乎氣」（《孟彥林詞・序》），「綺靡」、「鏤琢」即琢句鍊字之意，浙派似有敲琢字句以歸典雅之偏失。周濟則曰：「夫人感物而動，興之所託，未必咸本莊雅，要在諷誦紬繹，歸諸中正，辭不害志，人不廢言，雖乖繆庸劣，纖微委瑣，苟可馳喻比類，翼聲究實，吾皆樂取無苛責焉。」（《詞辨・序》）周濟心中之典雅，乃從立意之「歸諸中正」以言。

（二）浙派之典雅一義限於只作字句之解釋，故以婉約爲宗，而有「豪曠不冒蘇辛」（曹溶語）之論。周濟以「歸諸中正」言典雅，故稼軒可與美成、夢窗、碧山同列於學詞門徑，此即寄託說不受婉約派或豪放派所囿。

（三）浙派末期，斤斤以句法之響爲課題之先，而後方次求情氣不悖雅正。周濟謂梅溪「好用偷字，品格便不高」，又謂梅溪好「纖巧」，「穎悟子弟，尤易受其熏染」（《宋四家詞選・序論》），又謂「學詞先以用心爲主……次則講片段、講離合……次則講色澤音節」（《介存齋論詞雜著》），故是求意格之高先於句法之響。

（四）浙派方法學重離而未能合，故其成就終不能跨越南宋而入北宋。周濟曰：「南宋則下不犯北宋拙率之病，高不到北宋渾涵之意」（《介存齋論詞雜著》），是宗北宋而又主由南宋入手。因有寄託出入說能靈活接伍，故其方法學能合而不離。

故知惠言碎金之說，周濟多能冶而重鑄，觀周濟詞論時，絕不可忘却二說間灰蛇蚓線之迹。周濟《詞論》允厥執中，立論新穎，度人金鍼處實多。王國維頗有微詞於皋文之見，惟獨對周濟則曰：「介存詞辨所選詞，頗多不當人意。而其論詞則多獨到之語，始知天下固有具眼人，非予一人之私見也。」（《人間詞話》）

第二節　周濟寄託五論之建設

　　周濟成為常州詞派後期之中堅人物，以其論詞能度越前修，後出轉精，其寄託說遂成為後人論詞時不可或缺之依據。以下分寄託五論，依次敍述其說。若周濟正有此意，但其說僅點到為止，此時則借陳廷焯、況周頤之說補充之。

一、創作論──詞非寄託不入，專寄託不出

　　周濟之創作論，可說為其詞論之基本原理，寄託說之鑑賞論、出入論、門徑論全架構於此。創作論所指為何？括而論之，即「夫詞非寄託不入，專寄託不出」（《宋四家詞選・序論》）。此二語因是結合寄託動機與學習鍛鍊二義同時言說，故顯得蘊義錯綜複雜。大意即說，從寄託動機言，能入之寄託尚非佳善之寄託，惟有能出之寄託方為上乘；但從學習鍛鍊言，能入之寄託能輔助學習者入門，又可使學習者臻至「既成格調」（《介存齋論詞雜著》）之地步，甚且上達「精力彌滿」（同上）之境界。故此處創作論所論及之範圍，若從寄託動機言，能入與能出之寄託皆包括於內，蓋無論為有寄託，或「寓有寄託於無寄託」，〔註1〕於個人創作心理上言，僅於意識上作出出與入之分別，實則根本只為一寄託觀念；然從學習鍛鍊言，此處僅言及由初學填詞至「既成格調」一階段。「既成格調」至「精力彌滿」一階段，從寄託理論觀點言，乃由有寄託之理論建設而出，已超出創作論之範圍，且此部分亦可以另一方式─「寄託說之出入論」─再探討，將置於後文申述。

　　以下則進入本題，從寄託動機及學習鍛鍊此二義以言創作論。

　　周濟於《宋四家詞選・序論》曰：

　　　　一物一事，引而伸之，觸類多通，驅心若游絲之緣飛英，
　　　　含毫如郢斤之斲蠅翼，以無厚入有間，既習已，意感偶生，
　　　　假類畢達，閱載千百，磬欬弗違，斯入矣。

〔註1〕見詹安泰〈論寄託〉一文，載於《詞學季刊》第三卷第三號。

任何事物均具備可供移情與聯想之資具，故除却其表象意，多能本銳
敏之心靈，而衍事物之精蘊於無窮，而此事物即是觸思之好張本。常
人亦能有此工夫，然因詩人心敏，異於常人，故能運動情思如游絲繾
飛英，而無觸不可連類。周濟於《介存齋論詞雜著》再次言之：「學
詞先以用心為主，遇一事，見一物，即能沈思獨往，冥然終日，出手
自然不凡」，此即心與外物相接之道，以上則從「思」之敏言。若從
「筆」之敏言，含毫時需如「郢斤之斲蠅翼」，郢斤能斲蠅翼，不在
可見而有厚之斤，而是運用運斤時一股無形且無厚之迅風，用筆之道
亦當如此，不在殫陳，而在留一不盡之情。填詞之先，需不斷作此靈
思與銳筆之培基工作，一旦胸中有所觸發，此日久生習之思、筆工夫，
便能要眇寄託心情，而代為排遣。如人心中若存小人得勢、君子窮途
之憤慨，何以假類「浮雲蔽白日」（古詩十九首）以曲達之，此當是
日夕仰歎浮雲變化時，常「忽有匪夷所思之一念，自沈冥杳靄中來」
（《蕙風詞話》），乍看似神機偶發，殊不知斯時斯境，詞人已作「每
一念起，輒設理想排遣之」（《蕙風詞話》）之工夫。人所不吐不舒者，
胸中有間之壘塊，特出之以「不落言詮」之方式，此即「以無厚入有
間」之意。故「夫詞非寄託不入」，即「入乎其內，故能寫之」（《人
間詞話》），非覆心切理則不能入詞之意。

　　周濟提出以上之創作論，究竟有何用意？

　　　初學詞求空，空則靈氣往來。既成格調求實，實則精力瀰
　　　滿。初學詞求有寄託，有寄託則表裏相宣，斐然成章（《介
　　　存齋論詞雜著》）

常人對於文章之題、辭觀念，總以為辭即題之繁衍，題即辭之簡括，
如以詠物為說，以為詠物即是此物，如此便不致離題，殊不知，此法
猶如小學生作文，滯實而不可通。故初學詞必需求空，求空則需於題
與辭間產生若即若離之效果。辭滯於題不可，辭離題過遠亦不可，繫
脫之妙，無法傳有形之學，在此可用「逼塞中見空靈」〔註2〕一語以

〔註 2〕見周爾墉評《絕妙好詞》中之夢窗詞。

形之。何謂「逼塞中見空靈」？當採何法以致？茲舉王沂孫〈水龍吟
白蓮〉以說明之：

> 翠雲遙擁環妃，夜深按徹霓裳舞。鉛華淨洗，涓涓出浴，盈
> 盈解語。太液荒寒，海山依約，斷魂何許。 甚人間、別有冰
> 肌雪豔，嬌無奈，頻相顧。 三十六陂煙雨。舊淒涼，向
> 誰堪訴。如今譜說，仙姿自潔，芳心更苦。羅襪初停，玉璫
> 還解，早凌波去。試乘風一葉，重來月底，與脩花譜。

乍看「白蓮」此題，便無法排除乃詠此物屬性之看法，然而詠白蓮時，
受作者性情流露之浸潤，斯時已超脫於詠白蓮之屬性而入於詠白蓮之
神性，並且從題、辭關係言，題為純詠白蓮，却是借詠白蓮自傷不遇
之懷，斯時詠白蓮非僅為白蓮，白蓮已隱託碧山性情，人花不辨，若
即若離，故謂「表（白蓮之題）裏（不遇之懷）相宣」。吳梅《詞學通
論》曰：「惟有寄託，題辭無泛設，而作者之意，自見諸言外，朝世身
世之榮枯，且於是覘之焉」。題白蓮僅詠白蓮，將不必待設，若欲設，
又非假寄託之道不可。而寄託過遠，至於題、辭無關，又將成泛設，
是以「題辭不泛設」，意即需假寄託之道而致題、辭若黏未黏之意，此
時便有空靈之氣流竄其間。若能當下將人之情性與物之情性交融一
片，而不經過設喻一階段，可說已臻至「精力瀰滿」之境界，然而此
一境界驟得匪易，是以需在有寄託「既成格調」之後，方能到達。

　　一般初學者習作，所作之詞，吟哦唱歎之，似如一篇押韻之散文
耳，觀周濟此論，方知初學作手若無十分火候，欲一躍而登至高之境，
實事倍而功半。欠天分靈氣者利用寄託之道，正可以人為方式藥先天
不足，而得空靈之妙致，周濟曰：「初學詞求寄託」，正是此用意。

　　能入之寄託，目的在停勻妥當一切詞法之規矩，「既成格調」之
後，需掃去此一歷程，而邁入至高之境。一旦騷慨鬱蒸，至極哀怨，
不必待劘心切理之日課，亦能「以我觀物，故物皆著我之色彩」（《人
間詞話》），此時已漸詣能「出」之寄託境界，周濟謂：

> 賦情獨深，逐境必窮，醞釀日久，冥發妄中，雖鋪敍平淡，

摹績遠近，而萬感橫集，五中無主（《宋四家詞選・序論》）
能「出」之寄託與「專」之寄託，最大分辨在，後者專心於「假類畢
達」，而前者乃能「冥發妄中」。余以為「夫詞非寄託不入」，乃指填
詞前之培基工作－心敏也。「專寄託不出」，並非意謂能出之寄託即不
必求心敏，此處乃指寄託動機不能流於刻露。莊棫《復堂詞・敍》即
謂：「夫義可比附，義即不深，喻可專指，喻即不廣」。寄託時，原不
求為某人事而發，亦不知所言為何物，只是一片感謂，不吐不快，此
時便出現「萬感橫集，五中無主」之現象，況蕙風曾謂：

> 名手作詞，題中應有之意，不妨三數語說盡。自餘悉以發
> 抒襟抱。所寄託往往委曲而難明。長言之不足，至乃零亂
> 拉雜，胡天胡地。其言中之意，讀者不能知，作者亦不蘄
> 其知……夫使其所作大都眾所共知，無甚關係之言，寧非
> 浪費楮墨耶？（《蕙風詞話・卷一》）

又謂：

> 所貴乎寄託者，觸發於弗克自己，流露於不自知，吾於詞
> 而所寄託者出焉，非謂寄託而為是詞也。有意為是寄託，
> 若為吾詞增重，則是騖乎其外，近於門面語矣。（《詞學講義》）

是以寄託之能渾融，已不在「騖乎其外」地求「意在筆先」（《白雨
齋詞話》），却於寄慨抒情間，反烘托出一個寄託之「我」來。寄託
之最高境界即是無所主於心而仍主於心，不求工而自工，不求專寄
託而有寄託色彩。無明顯之寄託用意，非意謂即無寄託，適反而為
真善之寄託。

為達致題、辭間之空靈，除有寄託之思外，尚需輔以形式論，周
濟於《宋四家詞選・序論》末即列舉諸法，如「詞筆不外順逆反正，
尤妙在複在脫，複處無垂不縮，故脫處如望海上三山」，如用韻需適
合聲情，如「吞吐之妙，全在換頭、煞尾。古人名換頭為過變，或藕
斷絲連，或異軍突起，皆須讀者耳目振動，方成佳製。換頭多偷聲，
須和婉，和婉則句長節短，可容攢簇；煞尾多減字，須陗勁，陗勁則
字過音留，可供搖曳」，多精妙殊語。然此形式論，不必限定為有寄

託方可用，因本文旨在闡發觀念，故撇而不論。

二、出入論──自然從追琢中來

前曾言及寄託能出與能入之問題，然僅側重於從寄託之動機言，此處欲從學習階段之跨越觀點，企圖明瞭寄託說最後所達之境界：換言之，此亦正是周濟「由南追北」（《宋四家詞選‧序論》）論之極詣。

未言及周濟正論前，茲引況周頤一段話以爲引子。或問詠物如何始佳，蕙風曰：

> 未易言佳，先勿涉獸，一獸典故，二獸寄託，三獸刻畫，獸襯托。去斯三者，能成詞不易，紉復能佳，是眞佳矣。題中之精蘊佳，題外之遠致尤佳。自性靈中出佳，從追琢中來亦佳。（《蕙風詞話‧卷五》）

若將學詞過程分段譬喻之，則初學者嗜好詞道，獨懵然未解何以入之，是爲「昨夜西風凋碧樹。獨上高樓，望盡天涯路」之境，一旦瞭然寄託一旨之貴，愛不釋手，致力於此，是又「衣帶漸寬終不悔，爲伊消得人憔悴」之境。蕙風所謂「獸寄託」，即屬此境，獸則板滯而不生動，故蕙風欲人掃去。詠物述事，白描不可，若盡以物穿戴人之假面具，使之成爲負載身世、家國之軀殼，亦不可。作者抒怨吐臆，不過於詠物述事時偶一覘露。非不可寄託，然需以鎔情之方式流露，目的即在確立物事之獨格與具象，蕙風謂：「題中之精蘊佳，題外之遠致尤佳，自性靈中出佳，從追琢中來亦佳」，即此之謂也。

當如何達致此境？寄託則求有主於心，今則欲求無主於心而又仍主於心，意即需泯除有寄託意識於無寄託意識中，使之化爲筋肉之一部分，而潛入意識層底，是以當此潛意識自然浮現時，「看似平凡最奇絕，成如容易却艱辛」（王荊公詩），故況氏曰：「從追琢中來亦佳」。如歐陽修〈蝶戀花〉一闋，「淚眼問花花不語，亂紅飛過鞦韆去」，此二句癡語，層層鉤轉而深，必是屢心切理、觸類引伸之日課已發揮功效，毛先舒評此二語曰：「然作者初非措意，直如化工生物，笋未出而

苞節已具,非寸寸爲之也」。〔註3〕「笋未出而苞節已具」,即象徵潛入意識層底之寄託,詳言之,「花不語」,「亂紅飛過鞦韆去」,仔細玩味之,多少帶有「鄰於理想」(《人間詞話》)而設之成分在,然景物却不因稍琢而失其獨格與具象,此即有寄託之迹,而無寄託之心。北宋名作多半無寄託,却呈露出寄託色彩來,周濟寄託說之極詣,正欲達此境界。周濟謂:「既成格調求實,實則精力瀰滿」,於「既成格調」之前,即先作主於心之寄託,今則令其掃去「獸寄託」之障,而存留寄託之潛修工夫,故「精力瀰滿」天成之作,實亦由潛入詞人生命中之有寄託發出。

因已沈潛寄託於心,故斯時之心不致因措意而把捉外境,一旦心與物交接,此時又可依鎔情景中、鎔景入情之別,而有不同之現象。鎔情景中,所採之創作心理過程,乃境以赴心,斯時吾心投進外界自然景物,一旦心物交感、沒入融化,則外無物,內無我,心已融於造化而亦不見有心,如佛家所說,達致涅槃境界。鎔景入情則相反,其以情爲主,我心澄然,外界景物投進我心,則耳目所沿之物因移情作用而投入吾心理念,斯時則造化於心,達於有我之自得境界,理學之境界恰似之。鎔情入景乃情「隨物而宛轉,超然物外」(《蕙風詞話》),故「寓有寄託於無寄託」之程度自更幽深,周濟即謂:「鎔情入景,故淡遠」(《宋四家詞選・序論》),蓋景具疏遠沖澹之妙。鎔景入情,斯時景隨作者之情而喜而怒而哀而樂,故景無法呈現疏遠沖澹之象,周濟即謂:「鎔景入情,故穠麗」(同上),是以「寓有寄託於無寄託」之程度自較顯明。

由上可知,倘若能將「即事作景」此有寄託之心,慢慢剝離,慢慢沈潛,使入漸醇之境,即可通達「就景敘情」之境界,周濟曰:

> 北宋詞多就景敘情,故珠圓玉潤,四照玲瓏,至稼軒、白石一變,而爲即事作景,使深者反淺,曲者反直。(《介存齋論詞雜著》)

此即爲何常州詞派主由南宋入手,而又非達北宋目的不可之因。蓋「即

〔註 3〕見王又華所輯《古今詞論》中之毛先舒語。

事作景」至多不過複意重旨，一爲表象義，一爲所託意，而「就景敘情」可含多層性與不盡性之深意，如毛先舒評歐陽修之〈蝶戀花〉，即謂「淚眼問花花不語，亂紅飛過鞦韆去」爲「層深而渾成」。〔註4〕觀周濟語，似有北勝南之意，然觀周濟論評南宋稼軒、夢窗、碧山諸人，亦多予以美評，知周濟非不好南宋也，只因比較有高下，故以極高之境爲準的，周濟曰：

> 北宋詞下者在南宋下，以其不能空，且不知寄託也。高者在南宋上，以其能實且能無寄託。南宋則下不犯北宋拙率之病，高不到渾涵之詣。（《介存齋論詞雜著》）

白石謂：「非奇非怪，剝落文采，知其妙而不知其所以妙，曰自然高妙」（《白石道人詩說》），此境亦可譬喻北宋高妙之詞。造成南北差異之因，除詞人本身外，亦與時代因素、社會背景有關，如北宋詩、畫、詞三道，均主成竹在胸之創作方式，〔註5〕亦影響詞壇風氣甚深。

　　寄託說之出入論，從學習立場言，代表一種鍥而不捨之追步精神；從創作才能言，代表一種爐火純青、「點水成冰」（《宋四家詞選・序論》）之功力；從情感表達方式言，則已臻情景合一之境界，此「由南追北」論，固以北宋爲高，然不必專美於北。譚獻云：「周介存從有寄託入，無寄託出之論，然後體益大，學益專」（《復堂詞話》），即從寄託說可入可出之角度以讚美者。此階段之寄託，不假外求而如生花妙湧，從學習階段言，已達「眾裏尋他千百度，驀然迴首，那人卻在燈火闌珊處」之境界。

三、鑑賞論——仁者見仁，知者見知

　　寄託，於創作論中有能入與能出之分別，落實而成章，亦有能入與能出之別。創作爲因，成章爲果。創作論所探討者，即創作至成章之問題，而鑑賞論所探討者，即由成章而究創作之問題，所謂鑑賞心

〔註4〕同註3。
〔註5〕見錢穆所撰〈理學與藝術〉一文，載於《故宮季刊》第七卷第四期。

理，亦即創作心理之反溯，故探討周濟之鑑賞論，當與其創作論合參。

　　周濟之鑑賞態度，亦可有能入與能出之別，而却以能出之鑑賞觀爲極致，其言云：

　　　　無寄託則指事類情，仁者見仁，知者見知。(《介存齋論詞雜著》)

此處之「無」，乃指「有寄託貌若無寄託」〔註6〕能出之謂，非眞無也。能出之寄託，亦即《蕙風詞話》所謂「迷離惝怳，非霧非花」之「煙水迷離」境界。〔註7〕造成此現象，並非作者刻意以營不盡之象，〔註8〕不獨讀者不知此象中之眞意，甚且作者欲回察時亦已忘機。讀者鑑賞此類作品，宛如窺霧中花，周濟譬之爲：

　　　　臨淵窺魚，意爲魴鯉，中宵驚電，罔識東西，赤子隨母笑啼，鄉人緣劇而喜怒。(《介存齋論詞雜著》)

可知，對於能出之寄託詞作，鑑賞時實難以繫論。如蘇軾〈卜算子〉一闋，吳曾《能改齋漫錄》謂乃東坡謫黃州、託意自在之作，鮦陽居士謂其與〈考槃詩〉相似，龍輔《女紅餘志》則以爲乃詠惠州溫氏女超超之事。此三說當以第一說爲貴，然亦無從確證。若東坡地下有知，必笑其無心插柳柳成蔭，蓋東坡觸發於弗得知之作，後人皆豐蘊其義，竟致有一詞三說之解。究其因，在於能出之寄託詞作，猶如空靈之本體，具一體可映萬象之特色，北宋詞多能「四照玲瓏」，與其本體即能「珠圓玉潤」有關。以上是說能出之寄託詞作，僅能神會而不能言傳。而從鑑賞方面言，「仁者見仁，知者見知」又如何產生？譬之如萬川之上惟一月，何以月映萬川得萬象？其因不在月之本體有異，而在川之動盪不一，故映照而出之月亦呈萬象。是故讀者所得之於意象，其感受亦因人之學問、性情、境地而互異。鑑賞一體而有殊

〔註6〕同註1。

〔註7〕譚譚獻曾譬之爲「金碧山水，一片空濛」，見譚獻評《詞辨》中之馮延巳〈蝶戀花〉。

〔註8〕況周頤《蕙風詞話》曰：「泊吾詞成，則於頃者之一念，若相屬，若不相屬也。而此一念，方縣邈引演於吾詞之外，而吾詞不能殫陳，斯爲不盡之妙。非有意爲是不盡，如書家所云無垂不縮，無往不復也。」

象，「仁者見仁，知者見知」即在形容此差異象。能出之鑑賞觀乃從詞外求詞，從事外求遠致，此即周氏之鑑賞觀。

　　「仁者見仁，知者見知」之鑑賞觀，實際之用爲何？

　　夫人感物而動，興之所託，未必咸本莊雅，要在諷誦抽繹，

　　歸諸中正，辭不害志，人不廢言，雖乖繆庸劣，纖微委瑣，

　　苟可馳喻比類，翼聲究實，吾皆樂取無苛責焉。(《詞辨・序》)

周濟以爲鑑賞詞作，當以求意之中正爲要，切莫苛責於字句爲莊或豔，如陳廷焯於《白雨齋詞話》所云：

　　晏歐詞，雅近中正，然貌合神離，所失甚遠。蓋正中意餘

　　於詞，體用兼備，不當作豔詞讀。

此即豔詞與非徒豔詞之分際，此種鑑賞論能窺入內裏，而不流連於詞表，可說極具價值。周濟鑑賞論前半段尚無大漏洞，較有問題者，在「苟可馳喻比類，翼聲究實，吾皆樂取無苛責焉」一事上。此言可分從鑑賞論及考證論言。若作者本身亦不知創作眞正用意何在之詞，無論出之以任何方式之「馳喻比類，翼聲究實」，均可塡補作者之用心，此即東坡〈卜算子〉一闋，三説均以本事自命而各有其理之因，譚獻亦於《復堂詞錄・序》曰：「作者之用心未必然，而讀者之用心何必不然。」能出之鑑賞論被論及若此，可謂精闢無以復加。然而若針對雖迷離其言，却有主要用意之寄託詞作，若亦一味「馳喻比類，翼聲究實」，則可能與作者寄託本意相牴觸。故捨科學之鑑定法以探究詞，終有鑑賞失實之虞。文學批評與文學研究之分別，在於文學研究以建立眞象爲目的，故研究時，需以作者創作當時之時空爲依據。而文學批評亦是窺察眞象，然若包束於某時代某運動下，則窺察所得之結果，或已帶有某時代某運動之觀點在內：

　　一個文學藝術作品既是「永恆的」(eternal 即永久保有某種

　　特質)，也是「歷史性的」(historical 即在一可考述的發展

　　過程歷練過來)。〔註9〕

〔註9〕見華倫、韋勒克合著之《文學理論》，第一篇第四章。

若以透視之眼光視之，除「永恆的」真相外，其餘「歷史性的」窺探結果，均可視為真相以外之額外現象。惠言似有於「歷史性的」額外現象中擷選一現象—以風騷觀所解釋之現象—以作為「永恆的」真相之用心，可知惠言鑑賞觀即等於考證觀，二者實合而為一。若純從鑑賞觀以言，尚可將惠言《詞選》註文，視為文學批評下個人特殊之鑑賞趣味，然若從考證觀點言，此惠言視之為真相之額外現象，正為文學研究者所認為之附會見解。周濟恢拓皋文處，即將惠言特殊之鑑賞趣味與考證觀分離，如此，惠言之鑑賞觀便可被視為「仁者見仁、知者見知」，眾多鑑賞觀下之一支。常州詞派鑑賞觀大抵即從「受用」觀點立論。

正因周濟眼光已能平視詞中寄託事實，見出寄託詞作之意多在「可解不可解」（《蕙風詞話》）間，且周濟又能分辨鑑賞與考證之別，故其評詞，雖猶留常州詞派慣有之鑑賞觀，已不若惠言「膠柱鼓瑟」，禁錮讀者遐思，而能從欣賞角度，融入章法結構之分析與印象式之品評。半塘老人曾對況周頤於每句下注所用典，曰：「儘注矣，而人仍未知，又將奈何？」（《蕙風詞話》）周濟亦正有此意。

周濟於《介存齋論詞雜著》云：「隨其人之性情、學問、境地，莫不有由衷之言」，「性情」、「學問」、「境地」，此三者正為寄託詞作不可或缺之要素，考證一闋詞之真相，亦正可從此三角度分別探尋。周濟說「筆以行意」（《宋四家詞選・序論》），此與任二北《詞學研究法》一書主張以「詞意」探詞相當，周濟說「性情」、「學問」、「境地」，亦與任氏主張以「身世」、「本事」探詞相若。周濟若能因此湧現靈感，其考證觀當更客觀。

純從鑑賞立場言，「仁者見仁，知者見知」，即謂允許讀者窺意時，自為發湧，而不必拘泥於他人成見，若從此角度言，則惠言之羣學鑑賞觀，不過諸多「馳喻比類，翼聲究實」中之一種，故知周濟能出之鑑賞論，實有意為惠言「膠柱鼓瑟」之說辨解。能明「仁者見仁、知者見知」之意，則閱覽《詞選》註文，當不致於因張說之深文而周納

我思，套句佛家用語，觀前人評註，亦當能轉法華，而不爲法華轉也，此又「仁者見仁，知者見知」一語所啟示吾人者。

四、內容論——感慨所寄，不過盛衰

周濟以爲寄託內容之正格，必需樹骨極高，非寬可容穢，若欲盡洗靡曼，擷芳佩實，非藥以黍離麥秀、家國盛衰之感不可，其言曰：

> 感慨所寄，不過盛衰。或綢繆未雨，或太息厝薪，或己溺己饑，或獨清獨醒。隨其人之性情、學問、境地，莫不有由衷之言。見事多，識理透，可爲後人論世之資。詩有史，詞亦有史，庶乎自樹一幟矣。若乃離別懷恩，感士不遇，陳陳相因，唾瀋互拾，便思高揖溫、韋，不亦恥乎？（《介存齋論詞雜著》）

兒女私情之傷離，因阨一生之不遇，其情皆如作繭自縛，無法尊隆詞體之大。然而亦不可全作表面觀，若閨幃羈旅之思，於「諷誦紬繹、歸諸中正」後，可因小而見大，此又與吳文英《夢窗詞集》憶姬之作，「於姬之來蹤去跡詳載無遺，可作一篇琴客小傳讀」，[註10] 實相迥異。詞體細緻幽微，以供個人發抒吐臆爲歸，若能納個人恩怨傷離於大時代，即或「離別懷恩，感士不遇」，亦不礙尊隆詞體之大。古今中外言情之作能歷久不衰、不覺扭捏作態者，泰半多能置個人小我於大時代中。「離別懷恩，感士不遇」不與焉寄託內容，此即周濟勉詞人超拔於愁牢，而求小我與時共感慨之積極建樹。柳畔渡口，傷離懷別，固無多旨意，然而小我於大動亂中之不遇之感，不可盡排而去，蓋詞體之社會性雖不及詩之大，但詞客窮途之怨歎，卻多與時代、政治相感通，故其身世之痛即寓涵家國之哀。如賀鑄、辛棄疾、王沂孫等，姑不論是否即以「感士不遇」爲詞之內容，而「感士不遇」確實爲詞客創造寄託詞作之首要動機義，觀周濟此二語時，應作如上觀，方能深明周濟用意。袁枚云：「詩人窮而後工之說，原爲衰世之言」，[註11]

〔註10〕見楊鐵夫箋夢窗〈瑣窗寒〉，載於《吳夢窗詞箋釋》。
〔註11〕見袁枚〈答雲坡大司寇〉，載於袁枚《隨園戶牘》卷四，《隨園》三

詞人窮而後工，亦衰世有以致之也，此即周濟之內容論。

　　寄託之心與時代相抗而起，論寄託之內容，當不能不與時代有所關係，故周濟以為寄託內容，應是一種或洞燭機先，或感而乏力，或同情悲憫，或好賢惡惡之真性靈語。此種真情之語，皆是性情流露，書卷醞釀，身歷其境，而與時代詭譎相繫扣之語；蓋無性情即無真骨，無學問即無儲備，無身境即無詞境、詞心，周濟謂：「隨人之性情、學問、境地，莫不有由衷之言」。待一切時代興亡過後，回首詞人勾勒當時之歷歷情景，便油然而生「夫詞之於詩，不過體製稍殊，宗旨亦復何異」〔註12〕之感，詩有史，詞亦不落他體之後，周濟因而興「詞亦有史」之觀點。

　　周濟曰：「感慨所寄，不過盛衰。……詩有史，詞亦有史」，此乃針對詞之發展史實言，亦是針對周濟所處時代言，尤其此際提出詞史之論，自不能不令人有此想。第一章第一節「政治之影響」中，即已言及自惠言至周濟，時代已有轉變，詞史論調亦因此而興。晚清倡詞史論者，除周濟外，謝章鋌亦是不遺餘力者，故此處可借謝氏《賭棋山莊詞話》中之記載，以明當時時代背景。謝氏詞話成於光緒甲申（1884），前後歷經三十餘年，而周濟卒於道光十九年（1839），故詞話中之記載雖晚於周濟，却也不至於過晚。「兵氣漲乎雲霄，刀瘢留於草木」，〔註13〕此即謝氏所處之時代。謝氏顧瞻時局，怒焉心憂，欲輯喪亂以來諸家弔亡悼逝之作，為「當局者所宜日置之坐右也」。〔註14〕敢為如此大言，必是當時清世政局，已由專制統治降為苟延殘喘，推測周濟《詞史》之論，即夾生於此二期之中。此時人心隨世局轉變而漸蟄動，如冰封逢春欲解，自然而然由寄託時代步入詞史時代。故周濟此期所針對之詞作，係涵蓋較寄託

十六種。
〔註12〕見謝章鋌《賭棋山莊詞話》卷十二。
〔註13〕見謝章鋌《賭棋山莊詞話續編》卷五。
〔註14〕見謝章鋌《賭棋山莊詞話續編》卷三。

詞作寬廣且具史用之作品，驗之事實亦然，此期詞作雖仍主寄託，
非晦澀高深一如常州詞作，然而亦少有達到敍事爲詞，類於史志（如
唐杜甫、宋汪元量詩）之朗暢；〔註15〕且此時值新舊文學轉換期，
詞亦已近於尾聲，實難再振雄風，而大量出現類此之史作，周濟曰：
「詞亦有史，庶乎自樹一幟矣」，亦僅作企盼之想耳。然從廣義之詞
史定義而言，詞中正有與時推移之寄託詞作，此詞作亦能「外考世
運之盛衰，內足驗人物之邪正」，〔註16〕當視爲廣義之詞史作品。周
濟有否以寄託詞作可當詞史之論調？想必有之，因周濟此言即從寄
託事實概括而來，周氏又曰：「見事多，識理透，可爲後人論世之資」，
可信正有此意。然其企盼有更朗昭之詞史作品，亦是無庸置疑。

　　以下再深入申述，以明若寄託詞作被目爲詞史，此可供後人論
世之資具，究竟以何種現象而視爲有史之作用？

　　可供論世用之詞作，必時時有詞心在，亦必以「感慨所寄，不過
盛衰」爲詞心之內容，況周頤曰：

　　　吾聽風雨，吾覽江山，常覺風雨江山外，有萬不得已者在，
　　　此萬不得已者，即詞心也。（《蕙風詞話・卷一》）

詞心之發湧，與平日之閱歷、周遭之境遇息息相關，詩人詞人閱世愈
深，方能「見事多，識理透」，設若識理不透，顚倒眞僞，豈足謂爲
佳詩佳詞？〔註17〕而所謂詩詞之眞，非指歷史之眞，乃指詩詞之內在
逼眞，如司空圖反應唐末時局，有〈避亂〉一首，中有「離亂身偶在，
竄迹任浮沈。虎暴荒居迥，螢孤黑夜深」之語，「虎暴」、「螢孤」二
句，皆非歷史之眞，乃以詩意內在之逼眞影射當時之事實。或曰此虛

〔註15〕詞史在詞中尚難見，如李綱詞多紀當時史事，類此之作僅少數耳。
〔註16〕此見謝章鋌《眠琴小築詞・序》。謝氏又於《賭棋山莊詞話續編》卷
　　　三云：「以杜之北征、諸將、陳陶斜，白之秦中吟之法運入減偷，則
　　　詩史之外蔚爲詞史，不亦詞場之大觀歟！」
〔註17〕如《尚書・周書・武成》，《孟子・盡心篇》有「盡信書，則不如無書」
　　　之歎，如唐薛能〈過驪山詩〉，中有「玄宗不是偏行樂，只爲當時四
　　　海閒」之語，此皆非「識理透」之作。

構也，何足爲論世之資具？然虛構並非說謊，虛構背後能隱藏不得捏造之眞理。歷史之眞僅得人事之梗概，詩詞之眞能得其奧，詩詞能作爲論世之資具，道理在此。

而詩詞中有以花鳥託體，或觸興感事者，以此法之內在逼眞作爲論世資具，又別饒深致，如杜甫〈春望〉之「感時花濺淚，恨別鳥驚心」，揆之於現象之理，花鳥又何能淚濺心驚？而揆之以感情之理，花鳥能淚濺心驚，不亦曲盡當時時局之不安。陳廷焯以爲碧山贈秋崖道人西歸〈調齊天樂〉一首，「山色重逢都別」此六字「淒絕警絕」，較杜甫〈春望〉「國破山河在」更蘊蓄深婉（《白雨齋詞話‧卷二》），此即詞之內在逼眞。詞有勝妙於詩之處，而寄託詞又有遠勝於非寄託詞之勢，舉一例以言，比較岳飛〈滿江紅〉、〈小重山〉二詞，前詞悲壯，後詞意婉，悲壯之岳飛，可於眾多史傳、戲曲、小說中舉見，而沈鬱頓挫之岳飛，則是現今資料中較難見者，故〈小重山〉一首，其價值亦不在〈滿江紅〉下。〈小重山〉仍爲意婉詞直之作，若意詞具婉者，可信爲知人論世之絕佳資料，然若一味作莫測高深狀，脫離逼眞之用過遠，則亦無可與論知人論世之用。

爲作爲論世之用，詞必需以時代爲內容；換言之，惟詞以時代爲內容，方能作爲後人論世之資具，亦惟有詞質於事而逼眞，揆之於情而理然，方能具「自樹一幟」之史用。

五、門徑論——王、吳、辛、周四家階陛

茲將周濟所示師說統系列述於後，分闡四家爲周濟所取之因，及此四家之關聯。

（一）問塗碧山

周濟以碧山爲問塗階陛，其因何在？

> 碧山屢心切理，言近指遠，聲容調度，一一可循。（《宋四家詞選‧序論》）

> 碧山胸次恬淡，故黍離麥秀之感，只以唱歎出之，無劍拔

弩張習氣。(同上)

詠物最爭托意，隸事處以意貫串，渾化無痕，碧山勝場地。
(同上)

中仙最多故國之感，故著力不多，天分高絕，所謂意能尊
體也。(《介存齋論詞雜著》)

河山飄雨故國淚，每飯猶不忘戀君，取碧山理由之一，在碧山詞
品高潔中正，最能尊體。以下舉數則周濟於《宋四家詞選》之眉批，
即能明瞭：如「身世之感」、「家國之恨」、「傷盛時易去」、「刺朋黨日
繁」、「故國之思甚深，托意高，故能自尊其體」。陳廷焯亦頗推崇碧
山，其言曰：「王碧山詞，品最高，味最厚，意境最深，力量最重，
感時傷世之言，而出之以纏綿忠愛，詩中之曹子建、杜子美也，詞人
有此，庶幾無憾。」(《白雨齋詞話‧卷二》)

從詞筆言，碧山鍊字選音，處處穩洽，且「賦物能將人、景、情
思一齊融入，最是碧山長處，由其心細筆靈，取徑曲，布勢遠故也。」
〔註18〕一闋〈無悶雪意〉，周濟評爲「何嘗不峭拔，然略粗，其所以爲
碧山之清剛」，此即周濟於《宋四家詞選‧序論》所云：「圭角太分明，
反復讀之，有水清無魚之恨」，雖略無渾涵，卻顯示顯而能曲、能留
之「蹊徑顯然」(譚獻《譚評詞辨》)。

況周頤曰：「初學作詞，最宜讀碧山樂府，如書中歐陽信本，準
繩規矩極佳」(《香海堂館詞話》)，思與筆，乃學詞之階，碧山可謂雙
階獨正。譚獻云：「聖與精能，以婉約出之，以詩派律之，大曆諸家
去開寶未遠」(《譚評詞辨》)，碧山詞雖未臻上乘，一旦登堂窺奧，歷
階於此，入室亦不久矣，故常州詞派主由碧山入門。

（二）歷夢窗

周、辛、吳、王四家，惠言獨斥夢窗爲「枝而不物」(《詞選‧序》)，
此正如陳洵《海綃說詞》所云：「不觀其倩盼之質，而徒眩其珠翠」。

〔註18〕見周濟《宋四家詞選》評碧山〈花犯苔梅〉。

因碧山纏綿忠愛，詞思最正，故惠言過尊碧山，而不喜夢窗，周濟則謂：「夢窗立意高，取徑遠，皆非餘子所及……若其虛實並到之作，雖清眞不過也」（《宋四家詞選・序論》）。乍見夢窗詞，似如「映夢窗，零亂碧」，〔註19〕然而却非中無存氣，觀其揮翰自如，控捉無拘處，實有一股渾灝之氣，流轉翻騰於其間。周濟更曰：

> 夢窗每於空際轉身，非具大神力不能。（《介存齋論詞雜著》）

> 夢窗非無生澀處，總勝空滑；況其佳者，天光雲影，搖蕩綠波，撫玩無斁，追尋已遠。（同上）

> 君特意思甚感慨，而寄情閒散，使人不能測其中之所有。
> （同上）

> 夢窗寄思壯采，騰天潛淵，返南宋之清泚，爲北宋之穠摯。
> （《宋四家詞選・序論》）

周濟於夢窗詞評量極高，僅以「過嗜餖飣」（《宋四家詞選・序論》）、「非無生澀」稍稍疵議。其後《蕙風詞話》、《海綃說詞》品評夢窗詞作，均與周濟同一論調。周濟鞭辟入裏於夢窗詞處，正是學夢窗詞當取法者。

周濟有取於夢窗者，在其命意與運筆之工夫，可上續北宋之穠摯，而與清眞隔代搖曳。清眞、夢窗堪稱詞中本色當行，其命意與運筆之工夫，表現於能留、能晃上，宛若嚴妝女步趨，步步生姿。前有清眞爲典雅宗主，後有夢窗分鑣清眞本色，典雅一派因而能緜延不絕，今欲返回典雅宗主，「由吳希周」不亦理順乎？故陳洵曰：

> 清眞格調天成，離合順逆，自然中度；夢窗神力獨運，飛沈起伏，實處皆空。夢窗可謂大，清眞則幾於化矣。由大而幾化，故當由吳而希周。（《海綃說詞》）

（三）歷稼軒

稼軒之才橫放傑出，波瀾壯闊；其情鬱勃熱烈，自肺腑中流出。觀其詞作，動若脫兔而帶恨，靜如處子而多怨，兩宋詞家，無與倫匹。

〔註19〕此王國維摘取夢窗詞語以評夢窗詞，見於《人間詞話》。

東坡、稼軒、白石三家，其間脈絡一一可循，何獨周濟主辛退蘇、糾彈白石，能明其中之理，即可知周濟主辛之用意。

周濟曰：

> 蘇、辛並稱，東坡天趣獨到處，殆成絕詣，而苦不經意，完璧甚少；稼軒則沈著痛快，有轍可尋，南宋諸公，無不傳其衣，蓋固未可同年而語也。（《宋四家詞選‧序論》）

> 世以蘇、辛並稱，蘇之自在處，辛偶能到之，辛之當行處，蘇必不能到。二公之詞，不可同日詞也。（《介存齋論詞雜著》）

> 稼軒鬱勃，故情深；白石於曠，故情淺。稼軒縱橫，故才大；白石局促，故才小。（同上）

周濟蘇詞「苦不經意，完璧甚少」，大概如〈蘇幕遮詠選仙圖〉一類，語盡而白，意境未深，然其高致，辛亦不能到。蘇詞至高處，胡寅以爲「逸懷浩氣，超乎塵垢之外」（《酒邊詞‧序》），此即周濟所言之「韶秀」〔註20〕、「天趣獨到」。「韶秀」非以情勝，乃以神理超勝，而稼軒則以情勝，蓋其曠放中能蘊蓄細膩，有「百鍊鋼化爲繞指柔」之鬱境，陳廷焯曾謂：「稼軒詞源自楚騷」（《白雨齋詞話》），即是此意。以上乃說蘇、辛二人之異。言及辛、姜分野，周濟以爲白石「情淺」，王國維亦云：「白石有格而無情……幼安之佳處，在有性情，有境界。」（《人間詞話》）

　　情、理、格三者，詞所呈露之三大特色，熟味蘇、辛、姜三家，當能分辨蘇詞理勝於情與格，辛詞情勝於理與格，姜詞格勝於理與情之不同。姜學辛，雖清虛空靈，千古不廢其「高格響調」，然而「不耐人細思」，蓋其情淺意促，故周濟糾彈白石。周濟主辛退蘇之理，非因辛遠勝於蘇，周濟曾謂：「二公之詞，不可同日而語」，然因常州詞派主張由南宋入手，稼軒詞又「有轍可尋」（《介存齋論詞雜著》）；且

〔註20〕周濟《介存齋論詞雜著》曰：「人賞東坡粗豪，吾賞東坡韶秀，韶秀是東坡佳處，粗豪則病也。」周濟不以豪評蘇詞，而說「韶秀」，故其以爲稼軒亦非一味能豪而已。

此派所欲道者，乃「賢人君子幽約怨悱，不能自言之情」與「莫不有由衷之言」（《詞選‧序》），稼軒適正爲此中翻覆手，故周濟主辛退蘇，亦有其理在。經比較蘇、辛之異同，辛、姜之高下，即可知周濟主稼軒之用意。

鄺士元《帶經樓詞話》曰：「稼軒詞豪放，有書卷氣，較之東坡更勝一籌，不愧大家手筆。此菴之進辛退蘇，識力極高也」，其說猶未能窺入內裏，晚清主性情說之謝章鋌曾謂：「蘇風格自高，而性情頗歉，辛却纏綿悱惻」（《賭棋山莊詞話》），此語方可爲周濟進退之依據。凡學豪放詞路者，極易騁不羈之才，如脫韁奔馬，野性難控；稼軒學豪，能得悲歌慷慨，又潤澤於婉約纏綿中，而得悱惻神傷。「斂雄心，抗高調，變溫婉，成悲涼」（《宋四家詞選‧序論》），學詞能如稼軒豪、婉共濟，情熱意鬱，方可稱爲大家，此即周濟主辛之意。

（四）以還清眞之渾化

周濟以清眞爲集大成者，意謂在清眞以前詞家之特色，清眞皆能鎔鑄之，而在清眞以後之詞家，清眞又皆能籠罩之。

劉熙載《藝概》謂：「周旨蕩」，王國維《人間詞話》說清眞詞「但恨創調之才多，創意之才耳」，周濟亦正此意。〔註21〕此與清眞之人品、時代有關。〔註22〕然則周濟以爲清眞集大成之理又爲何？

> 清眞渾厚，正於鈎勒處見，他人一刻露便刻削，清眞愈鈎勒愈渾厚。（《宋四家詞選‧序論》）

> 清眞沈痛至極，仍能含蓄。（同上）

何謂「鈎勒」？即有意借思筆之「離合順逆」（《海綃說詞》）以範圍

〔註21〕見周濟《宋四家詞選‧序論》說周、柳、黃、晁之語。

〔註22〕從人品言，美成出入娼妓教坊間，自亂其品，每製詞，則名流賡和，女妓傳唱，詞旨因而不高；從時代言，其時世態尚承平，猶帶北宋樂章風影，故其詞旨至高不過謫歎羇愁潦倒，或懷古時偶「說興亡斜陽裏」（《西河金陵懷古》）而已。

情思之工夫，如周濟《宋四家詞選‧序論》所云：「詞筆不外順逆反正，尤妙在複在脫，複處無垂不縮，故脫處如望海上三山」。思、筆無論或離或合，或反或正，全爲一用意而出力，此即「離合順逆」之目的。故「鈎勒」者，鈎而縱宕之，又勒而收束之之意也。他人刻意範圍情思，情思被牢籠於筆端，宛若滯泥於紙上，此時思與筆均不得空靈，清眞則能思筆神契，於層層鈎勒間，不獨不留情感之初迹，且愈經鈎勒，反增情感之濃摯，故曰：「清眞沈痛至極，仍能含蓄」。英國詩人華滋華斯謂：「詩起於經過在沈靜中回味來的情緒」，文學作品以避情感原質之傾洩爲貴，清眞抑制情感原質，多較他人拗折幾層，故是回味中之沉痛，亦是沉痛中之回味，有如其〈六醜薔薇謝後作〉中語，「願春暫住，春歸如過翼，一去無迹」，可謂渾然天成，絕無成蹊。周濟看取清眞者，即在其能因思筆之渾厚，而致原來極簡淺之意竟能意渾厚。清眞之詞旨，固無法與碧山託體自高之旨意相比擬，然而清眞之意渾厚，自在碧山之上。

　　總上而言，碧山詞品厚，「蹊徑顯然」，學之，可停勻妥帖，故主階王以尊基；夢窗詞密麗能實，又能晃能留，故主吳可得渾灝流轉之氣；稼軒豪放能鬱，纏綿感宕，故主階辛可拯曠放之失；清眞鈎勒渾厚，吞吐有致，故主清眞能致蘊藉和雅。主碧山、夢窗、稼軒之目的，在「以還清眞之渾化」，然非以清眞爲此境。清眞於詞之地位，恰如一山之溫帶林，兼容寒、熱帶林景觀於一處。欲觀寒帶林景觀者，至溫帶林已得梗概，然不親歷登躋，終究未知寒帶林眞相，故「以還清眞之渾化」，僅以清眞爲上眺北宋之歇腳。蓋清眞博融諸家之精，諸家詞影僅以分量而存周詞中，蘇正有蘇之風骨，秦正有秦之騷雅，北宋名家詞各樹一幟，適必觀各家之全量，方能通北宋諸名家之消息。周濟曰：「美成思力獨絕千古，如顏平原書，雖未臻兩晉，而唐初之法，至此大備」(《介存齋論詞雜著》)，以還清眞之渾化」，實是以還北宋蘊藉風神之另一說法。若譬喻北宋諸名家爲登山時所欲至之目的地，則「問塗碧山，歷夢窗、稼軒，以還清眞之渾化」，恰似抵達目的地前，顧瞻

停進，攀爬所經之歷程。〔註23〕登頂固值得歡欣，而善登者尤愛登頂前之峯迴路轉、柳暗花明；周濟示人學詞需如蜂蝶攢採四野花粉，以供醞釀花蜜，又需因稀資厚，步步階梯。其後陳洵稍變其說，〔註24〕但仍主周氏意。〔註25〕

　　周濟主此四家，四家之間均有其脈絡在。大抵而言，辛開姜，而辛之祖即爲蘇，此爲豪放之路；周開吳，而周之源即自晏、歐、秦、賀來，此爲婉約之路；碧山則疏空恬淡，介於二路之間。復由「稼軒由北開南，夢窗由南追北，爲詞家轉境」（《介存齋論詞雜著》）看來，周濟觀念中，實無顯明區分豪與婉之分際，觀陳洵所證周濟南北追通之說，〔註26〕亦知周濟以爲豪、婉相通，其因在於二者均主寄託。周濟之門徑論，扼要言之，即主王、吳、辛、周此四家之寄託。爲打破

〔註23〕周濟於《詞辨‧序》中，謂其後來方喜清眞，方厭棄竹山，可知「問涂碧山，歷夢窗、稼軒，以還清眞之渾化」，此確爲周濟學詞甘苦之言。

〔註24〕陳洵《海綃說詞》曰：「周止庵立周、辛、吳、王四家善矣。惟師說雖具，而統系未明，疑於傳授家法，或未洽也。吾意則以周、吳爲師，餘子爲友，使周、吳有定尊，然後餘子可取益於師，有未達則博求之友，於友有未安，則還質之師，如此則系統明，而源流分合之故，亦從可識矣」。

〔註25〕周濟所示之學詞階陛，僅作爲一停勻妥當、按步就班之習詞法門，原無以某人爲歸之意，而陳洵則一心欲以美成爲歸，陳洵《海綃說詞》曰：「吾年三十，始學爲詞，讀周氏四家詞選，即欲從事於美成，而美成不可見也；求之於稼軒，而美成之不可見也；求之於碧山，而美成不可見也；求之於夢窗，然後得之。因知學詞者由夢窗以窺美成，猶學詩者由義山以窺少陵，皆涂轍之最正者也。」故陳洵變更周濟之說，亦是自然之事，故並無違於周濟之說，陳洵又云：「今吾立周、吳爲師，退辛、王爲友，唯若與周氏小有異同，而實本周氏之意。淵源所自，不敢誣也。」

〔註26〕陳洵謂夢窗〈宴清都連理海棠〉：「此詞寄託高遠，其用筆、運意，寄幻空靈，離合反正，精力瀰滿，若徒賞其鎔鍊，則失之矣。『人間萬感幽單』一句，將全篇精神振起。『華清慣浴，春盎風露』，有好色不與民同樂意，天寶之不爲靖康者，幸耳。此段意理全類稼軒，可以證周氏由北開南之說。稼軒豪雄，夢窗穠摯，可以證周氏由南追北之說。」（《海綃說詞》）按夢窗〈宴清都〉一闋，確實與稼軒〈賀新郎賦琵琶〉、〈賀新郎別茂嘉十二弟〉二闋，在意理、詞筆上有極相似處。

豪、婉界限，貫穿南北之門徑論，最後皆統合於清眞一人身上，蓋其能「前修蘇、秦之終，後開姜、史之始」。〔註27〕正因清眞有承先啓後之功，常州詞學之師說統系方告確立。以下本周濟之意，繪一圖，以明常州詞學之師說統系。

圖一：常州詞學之師說統系圖

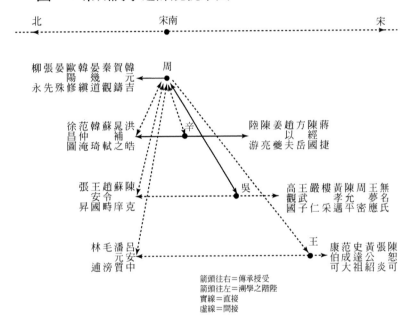

箭頭往右＝傳承授受
箭頭往左＝溯學之階陞
實線＝直接
虛線＝間接

第三節　「寄託」一語之商榷

可信周濟言「寄託」一語時，「寄託」之義界必成竹於其心，然觀周濟《詞論》，僅見其屢提及「寄託」二字，卻不曾加以分析、解釋之，此一現象，乃吾國歷代文學論評之特色，有其利，亦有其弊。從弊處言，讀者覺「寄託」二字於周濟《詞論》中，常隨其創作論、出入論、鑑賞論、內容論、門徑論而轉，且此理論本身又有上窮碧落

〔註27〕此見吳梅《詞學通論》，又嚴沆《古今詞選‧序》亦有此意，且述之極詳。

下黃泉，能入與能出之分野，是以讀者不僅對「寄託」一語產生撲朔
迷離感，且欲明白眞象時，亦需釐清其具伸縮性之義界。本節本前述
五論之觀點，試圖將余以爲周濟《詞論》中「寄託」一語所應涵之義
界，加以申述，並以之作爲對周濟《詞論》之見解。

一、「寄託」之廣狹論

　　觀惠言將「寄託」界定得如許怨悱、刻露，在先入爲主觀念下，
易致讀者以爲非如此，則不得謂爲「寄託」。以周、辛、吳、王四家領
袖爲說，似稼軒、夢窗、碧山三家鍼鏤隱露之作，正合乎惠言「寄託」
定義之要求，將之歸爲寄託詞作，自屬無疑。而吟哦清眞以上諸名家，
如歐、晏、蘇、秦之作，似又與辛、王、吳三家特色迥異，目之爲寄託
詞作，頗覺殊倫，目之爲豔情之作，似又不可，因疑「寄託」義界，亦
當本周濟「能入能出」之觀點，而以廣、狹觀論之。周濟創作論已隱約
透露此迹象，然未明說，致不敢驟然論斷，待見後出轉精之況周頤，提
出「即性靈即寄託」(《蕙風詞話》) 一語，始信前疑可信。況周頤對「寄
託」一語，見解平實而深刻，以下則借此說，以明周濟亦有此意。

　　「即性靈即寄託」，此語重點在「性靈」二字，而非「寄託」二字。
況氏提出此說，目的在示人寫眞性情、眞景物而已，非如常州詞派 (尤
其是惠言)，欲人念念不忘以寄託爲法門。以周濟爲說，談性靈亦不輸
於況氏，然乃從「即寄託即性靈」此一角度以言。況氏亦言寄託，然
其寄託則泯迹於性靈之眞誠中，況氏於《蕙風詞話》中，亦無斤斤以
闡曲深幽折之寄託爲旨趣，而轉以襟抱、性情爲說詞之依據，其言曰：

> 詞貴有寄託。所貴者流露於不自知，觸發於弗克自己。身
> 世之感，通於性靈，即性靈即寄託，非二物相比附也。橫
> 亙一寄託於搦管之先，此物此志，千首一律，則是門面語
> 耳，略無變化之陳言耳。於無變化中求變化，而其所謂寄
> 託乃益非眞。昔賢論靈鈞書辭，或流於跌宕怪神，怨懟激
> 發，而不可以爲訓，必非求變化者之變化矣。夫詞如唐之
> 金荃，宋之珠玉，何嘗有寄託，何嘗不卓絕千古，何庸爲

是非眞之寄託耶？（《蕙風詞語》）

況氏以爲，從我之性靈處言，身世家國之懷即在焉，何需費一番周折以託載之；從身世家國之懷言，已與個人性靈相通達。二者合一，言其一，則彼一亦隨之而融，且性靈隨人而異，身世之感與性靈相通，亦必各如其面，此方爲求變化之道。況氏曰：「以性靈語詠物，以沈著筆達出，斯爲無上乘」（《蕙風詞話》），又曰：「眞字是詞骨」（同上），其看重性靈，高過一切，可謂鞭辟入裏，蓋一切文學，追根究底，亦只言性靈之眞而已。南宋包恢〈答曾子華論詩書〉中有言，其言非說寄託，然亦可作爲寄託看，且頗可與況氏「即性靈即寄託」相發明，茲節錄於下：

> 或遇感觸，或遇扣擊，而後詩出焉。……此蓋如草木本無聲，因有所觸而後鳴，金石本無聲，因有所擊而後鳴，無非自鳴也。如草木無所觸而自發聲，則爲草木之妖矣；金石無所擊而自發聲，則爲金石之妖矣。……蓋本無情，而牽強以起其情，本無意，而妄想以立其意；初非彼有所觸，而此乘之，彼有所擊，而此應之者。故其言愈多而愈浮，詞愈工而愈拙，無以異乎草木之妖聲也。況在心爲志，發言爲詩，今日多不思詩自志出者也。不反求于志，而徒外求于詩，猶表邪而求影之正也，奚可得哉？……（《南宋文範》）

此文乃針對詩而論，但亦可視爲如論詞中之寄託（蓋詞亦以草木等爲張本，且包氏爲南宋人，南宋正寄託之時代）。吾人可將此語歸納成兩點，並附說如下：（一）詩（詞之寄託）以情爲主，用以主宰草木金石之文表。（二）詩（詞之寄託）貴流露眞誠，否則徒有其表。可知，非於性情之外，而別立寄託之門戶，寄託亦不過言性情之眞率耳。包氏、況氏二說，絲毫無狡獪猖狂感。

故寄託不必苛求必有怨悱之動機，貴在性情掩抑不住而中流。甚至況氏有以爲託志即寄託之意，如金李仁卿〈摸魚兒和遺山賦鴈丘〈過拍云：「詩翁感偶。把江北江南，風嘹月唳，並付一丘土。」況氏曰：「託旨甚大」（《蕙風詞話》）），況氏廣義之寄託，最廣時即涵蓋此類

詞人至性之語，是否運用寄託手法，已不在苛求中，如此一來，又可回說至「寄託」一語之來源論，﹝註28﹞而將「寄託」一語視爲普通名詞。周濟對於寄託義界之看法，是否亦如況氏之論？從惠言《詞選》一書各角度視之（尤其是《詞選》評註），可將其所界定之「寄託」，視爲狹隘之寄託義界，周濟詞學觀有若干部分仍襲自惠言（如說溫飛卿），故可信周濟亦有此狹隘觀。而周濟更有廣義之寄託觀，不明說則已，其迹可於《宋四家詞選·序論》起首所說「賦情獨深，逐境必寤。……抑可謂能出矣」中尋出，且周濟辨眞僞，雖曰：「味在鹹酸之外，未易爲淺嘗人道也」（《宋四家詞選·序論》），然則其所依據者，即爲性靈之眞假說。隨後，其於《介存齋論詞雜著》中亦曰：「隨其人之性情、學問、境地，莫不有由衷之言。」可想見周濟亦主以性情說詞，所不同者，周濟於性情說之前橫亙一寄託說，故不如況氏般清晰而已。故況；周二人仍有分際，況氏可以全然撇開寄託手法以言寄託，周濟限於家法，言寄託時，多不能忽略手法之用，如前舉金李仁卿詞，雖「託旨甚大」，然而全然白描，即或周濟心喜之，能否視爲廣義之寄託詞作，於常州門檻限境內，亦無法如況氏般兼融並收。

　　茲以大小兩圓重疊之圖，以明廣、狹寄託觀之分際。外圓部分，即「即性靈即寄託」之廣義論，亦即周濟所謂「珠圓玉潤，四照玲瓏」之寄託，廣義之寄託，多指北宋寄託詞作。內圓部分，即指家國怨悱之狹義論，此原是「即性靈即寄託」之一種，因有意識之寄託（指程度，非指優劣）故觸破「即性靈即寄託」之祥和感，故此圖亦可解釋

﹝註28﹞ 「寄」與「託」本同義。《說文》於「寄」下曰：「託也，从宀，奇聲」，於「託」下曰：「寄也，从言，乇聲」。其後此二字漸聯合爲複合名詞，以應付日益增多之事義，於此衍義過程中，大別有三義：（一）託足、寄迹。（二）付託。（三）寄情託興。王羲之《蘭亭集序》曰：「夫人相與俯仰一世，或取諸懷抱，晤言一室之內，或因寄所託，放浪形骸之外」。此序出，「寄託」一語已轉從文學角度立言。然彼時「寄託」一語，僅爲一普通名詞，不過襲言志之訓耳，而後方演爲別有用意之特殊術語。

周濟說南宋詞「使深者反淺，曲者反直」之意。狹義之寄託，多指南宋寄託詞作。廣、狹二論，在此並非以對立之狀態分說，論廣義之寄託，可涵蓋狹義之寄託，亦即指二圓之全部，論狹義之寄託，則僅指小圓部分，而由內圓擴至外圓（箭頭所示處），即意謂由狹義之寄託挍拓至廣義之寄託，此即周濟「由南追北」之意。

圖二：廣、狹之寄託觀

二、「寄託」之廣狹義界

從狹義之寄託觀言，「寄」與「託」二義有別，「寄」指寄意，「託」指寄意時假類而達之託喻或託興。故「寄託」一語可釋為「言在此而意在彼」〔註29〕、「所見在此，所得在彼」〔註30〕、「所言在彼，而所指却在此」〔註31〕、「借題於此，寄意在彼」〔註32〕、「題外有事」〔註33〕、「借題發揮」〔註34〕、「言近旨遠」〔註35〕等。以下舉數則詞評家論評之語，可明狹義寄託之特色。如：

〔註29〕見羅大經《鶴林玉露》。
〔註30〕見鄭樵《六經奧論》。
〔註31〕見裴普賢與糜文開合撰之《詩經欣賞與研究》中〈碩鼠〉部分，國風出版社。
〔註32〕同註31。
〔註33〕見陳洵《海綃說詞》評吳文英〈惜黃花慢〉。
〔註34〕見《冰繭詞話》評碧山〈一萼紅〉。
〔註35〕見周濟《宋四家詞選・序論》評碧山。

鄭文焯《校白石道人歌曲》：

    以託喻遙深，自成馨逸。（白石　暗香）

許昂霄《詞綜偶評》：

    斜陽以喻君也。（稼軒　摸魚兒“更能消”一闋）

黃蓼園《蓼園詞選》：

    此必有所託，而借閨怨以抒其志乎。（稼軒　祝英臺近）

從廣義之寄託觀言，「寄」即「託」之義，「託」即「寄」之義，「寄託」一語可釋爲「寄情閒散」，〔註36〕所產生之妙效可有：「詞盡而意不盡，意盡而情不盡」，〔註37〕「含不盡之意見於言外」。〔註38〕茲亦舉數家評語以明。如：

麥孺博評語，見於《藝蘅館詞選》：

    時事日飛，無可與語，感謂遙深。（黃孝邁　湘春夜月）

周濟《宋四家詞選》評語：

    將身世之感，打并入艷情。（秦觀　滿庭芳）

張炎《詞源》：

    情景交鍊，得言外意。（秦觀　八六子）

李攀龍《草堂詩餘雋》：

    詞雖婉麗，意實展轉不盡，誦之隱隱，如奏清廟朱絃，一
    唱三歎。（賀鑄　望鄉人）

按以上所引，循詞而觀，便知狹義之寄託，其內容多涉及家國興衰，故以怨悱爲歸，而廣義之寄託，則多言個人身世之感，無顯明射託現象，故只求神韻。

論表現手法，狹義之寄託多用典，多詠物，採明喻、暗喻、託興之比興手法，鈎勒尙留痕迹，字句不免刷色。至於廣義之寄託，雖亦主「沈鬱頓挫」（《白雨齋詞話》）之筆，然多半於氣格上求凝重，而不在字句上一味作態，故是以思婉藥筆折，所謂「貌不深而意深」（同

〔註36〕見周濟《介存齋論詞雜著》評夢窗。
〔註37〕見周輝《清波雜志》評毛滂〈惜分飛〉。
〔註38〕見歐陽修《六一詩話》載梅聖俞之言。

上）者，或潛氣內轉，或求虛字飛脫，故多「似直而紆，似達而鬱」
（同上）之作。

　　狹義之寄託，或欲指桑罵槐，或欲託心中一股憤懣。宛若嚴妝女，
春日倚闌凝望，芳草萋萋獨徘徊，凝眸深處意堪憐，莫不哀感頑豔。
故詞人感念於家國之興衰，其痛難隱忍，其口難言宣，借花鳥閨怨，
隱託其情，幽約怨悱，不悖仁厚，此之謂狹義之寄託。

　　廣義之寄託，求鬱悶蕭散於宇宙間。似如羈臣過客，秋日飛霜
臨野，浩空輕歎，情邈無極。故詞人或有身世感慨，遣之猶留，即
身世即性靈，「即性靈即寄託」，宛轉一氣，磅礴而出，或鎔情於景，
或鎔景於情，寄託之能事，已先在於其人未寄託之前，此之謂廣義
之寄託。

第四章　宋詞中之寄託現象

前　言

　　前章著重於寄託理論之建設，本章旨在闡述寄託事實之眞相，此處所言之寄託，多本狹義觀點而言。察於事實之目的有二：（一）可明瞭事實之眞相，並可以之折衝理論之虛實，而使理論與事實融合一體。（二）可明瞭寄託事實興起時之周遭因素，並可以之折衝寄託理論興起時之周遭因緣，以知悉二者崛起時，有各自不同之時空基因，以上兩點，均有助於客觀評價常州詞派理論。本章只在呈露事實之眞相，至於評價一事，將於末章申述之。

第一節　形成寄託詞作之要素

　　言外之意，文學之美學基礎，寄託之興，必亦尋言外意之基而開演。託諷怨悱，本爲詩之政治羣學觀，詞因承詩而發展，寄託亦必受詩之政治群學觀影響。二者交相沈潛於詞中，有如地底伏流。時代環境，是文學登場不可或缺之要素，詞若一朝遭時而變，寄託之興，遂如伏流竄地奔騰，而蔚爲宋詞之一大特色。

一、言外之意──尋美學基礎

　　寄託詞作，外以怨悱爲飾釆，內則以隱美爲肌理，前者可以目見，

後者僅能神會。此處所欲照顧之問題有二：（一）言外之意於寄託詞作中之作用。（二）言外之意如何致此作用？

六朝之前，少有美學觀念，至魏晉，如陸機《文賦》、劉勰《文心雕龍‧隱秀篇》，已漸開風氣。以詩而言，南朝鍾嶸於《詩品‧序》曰：「文已盡而意有餘，興也。」方掃空詩之教化觀，獨拈興之眞諦，此即詩學言外之意說之先河。隨後如皎然於《詩式》中曰：「兩重意已上，皆文外之旨……但見情性，不睹文字」，如司空圖說味外味，如梅聖俞說：「含不盡之意，見於言外」（《六一詩話》），又黃庭堅、姜夔、嚴羽等皆有論說，言外之意遂發爲大流。寄託詞作能有隱美妙致，即承襲此傳統而來，所謂尋美學之基礎，其道理即在此。

言外之意爲詩詞不可欠缺之質素，然除少數創作能使其大展其用外，大多數時，言外之意此美學妙用，多無法單獨存在，因而常與詩詞之群學觀合流爲用。因爲此一現象，言外之意此美學觀遂爲群學觀所遮掩，而淪爲群學觀之附庸。雖不再爲主用，却亦有其作用；從正面言，言外之意可要眇情思於無極；從負面言，言外之意可沖淡濃烈之群學怨悱色彩。正反兩面實說一事，意即言外之意有助於烘托寄託詞作之內涵。

以下列舉數詩，按詩之羣學色彩濃淡程度排列順序，於其中，可見出言外之意要眇風騷之迹，亦可想見寄託詞作所不可缺少之言外之意，如何承襲詩中此一現象，而有更多更大之功效。

第一類　如李商隱〈龍池〉：

　　龍池賜酒敞雲屏，羯鼓聲高眾樂停。夜半宴歸宮漏永，薛王沉醉壽王醒。

　　評：可謂微婉顯晦，盡而不污矣。（楊萬里《誠齋詩話》）
　　　　其詞微而顯，得風人之體。（羅大經《鶴林玉露》）

第二類　如李白〈長相思〉：

　　長相思，在長安。絡緯秋啼金井闌，微霜淒淒簟色寒，孤燈不明思欲絕。卷帷望月空長歎，美人如花隔雲端。上有青冥之長天，下有淥水之波瀾。天長路遠魂飛苦，夢魂不

到關山難。長相思，摧心肝。

評：絡緯秋啼，時將晚矣。曹植云：「盛年處房室，中夜起長歎。」其寓興則同，然植意以禮義自守，此則不勝淪落之感。〈邶風〉曰：「云誰之思，西方美人」，《楚辭》曰：「恐美人之遲暮」，賢者窮於不遇而不敢忘君，斯忠厚之旨也。辭清意婉，妙於言情。（清高宗《御選唐宋詩醇》卷二御批）

第三類　如杜甫〈春望〉前四句：

國破山河在，城春草木深。感時花濺淚，恨別鳥驚心。

評：「山河在」，明無餘物矣。「草木深」，明無人矣。花草平時可娛之物，見之而泣，聞之而悲，則詩可知矣。（宋司馬溫公《續詩話》）

又如杜甫〈發潭州〉詩前四句：

夜醉長沙酒，曉行湘水春。岸花飛送客，檣燕語留人。

評：劉攽《詩話》載子美詩云：「蕭條六合內，人少虎狼多。少人慎勿投，虎多信所過。飢有易子食，獸猶畏虞羅。」言亂世人惡，甚於虎狼也。予觀老杜〈潭州〉詩：「岸花飛送客，檣燕語留人。」與前篇同意。喪亂之際，人無樂善喜士之心，至於一將一迎，曾不若岸花檣燕也。（《隱居詩話》）

義山詩，尚停留於羣學觀之感諷仁婉上，猶未見言外意之餘韻，以其字表仍關事迹。太白〈長相思〉詩，通首喻比，較之〈龍池〉詩，已漸生言外意，故乾隆云：「辭清意婉，妙於言情。」杜詩「花濺淚」，「鳥驚心」，原極脫迹，然於其上加「感時」、「恨別」，猶顯刻露，至如「岸花飛送客，檣燕語留人。」乃眞得奧窔款曲，蓋暗喻與眞象之距離，猶不若擬人法與眞象之距離來得遠引。詩中寄託似第三類者較少，詞中寄託則全近乎此類。由純思致之意婉，進步至暗比之意婉，復進至擬人化手法之意婉，寄託詞作之言外之意，即承此逐漸銷迹之路而開演，加諸詞之質性、意境、功用，均與詩有同中之別，故求搖曳生姿，情遠八極，詞較詩旨歸難明。鍾嶸於《詩品‧序》中云：「幹

之以風力，潤之以丹彩，使味之者無極，聞之者動心」雖針對詩之風神而言，以之說寄託詞作之風神，當更貼切。

稼軒表達情感猶留轍迹，其〈摸魚兒〉「更能消、幾番風雨，匆匆春又歸去」此闋之作，以擬人法或用典以曲婉達志，置於前述託諷詩中，不過如第三類，然羅大經《鶴林玉露》評爲「詞意殊怨」，言下之意，即其他詞作隱美疏蕩之味外味，必有殊甚於此首。如姜夔〈暗香〉、〈疏影〉，乃比興交揉之體，〈暗香〉中之「何遜而今漸老，都忘卻春風詞筆。〈疏影〉中之「昭君不慣胡沙遠，但暗憶、江南江北。」似用典，然又非全用典，周爾墉云：「何遜、昭君皆屬隸事，但運筆空靈，不同獺祭鈍機耳。」(《周評絕妙好詞》) 比興猶爲死法，設若不求虛靈飛脫，終病牽強而無韻致。若無言外之韻，則詞非詞，安能復於其上言寄託？又安能以之沖淡濃烈之怨悱羣學色彩？陳廷焯謂南渡國勢日非，感時傷事，以碧山最爲纏綿沈鬱，而白石雖沈鬱不及碧山，論清虛則有過之。無論周濟對白石詞情尙有微辭，白石詞之虛靈活脫確足爲人取法。陳廷焯論詞承惠言風騷觀，可謂極重視詞旨之纏綿中正，論白石詞亦不能不關注於此言外隱美之功用，其言云：

> 特感慨全在虛處，無迹可尋，人自不察耳。感慨時事，發
> 爲詩歌，便已力據上游，特不宜說破，只可用比興體，即
> 比興中亦須含蓄不露，斯爲沈鬱，斯爲忠厚。(《白雨齋詞話》)

詩中託諷，猶不免比興死法之用，詞中怨悱，多能得比興活法之妙道。至有題前援曳而來，題後迤邐而去，或側出，或逆挽，或虛提，或實寫，「揉直使曲，叠單使複」，[註1] 清眞及其以上名家已至化工之境，如清眞〈蘭陵王〉、〈六醜薔薇謝後作〉，不可謂不神，舉周濟評〈六醜〉爲例：

> 不說人惜花，卻說花惜人；不從無花惜春，卻從有花惜春；
> 不惜已簪之殘英，偏惜欲去之斷紅。(《宋四家詞選》)

說清眞鉤勒能渾厚，即說其詞作有顧盼生姿，餘味曲包之韻致。前述

〔註 1〕見袁枚《續詩品》「取徑」。

之門徑論，若從言外之意觀點言，由南溯北，正可見言外之意逐漸渾厚，逐漸呈露本來面目之軌迹；由北往南，適得其反，因遭時而變之緣故，正可見出言外之意逐漸外飾以怨悱色彩，逐漸託載他用之軌迹。

寄託必有難言隱情，雖難於暢言，却不得不吐。若論創作，需達以言外之意沖淡所託之象，求直接以其神髓韻致摩蕩其姿，至不落迹痕之境，方稱一絕。故言外之意誠爲寄託詞作之基底，是言黍離麥秀、家國憤怒而能怨悱不亂之助媒劑。歷來詞評家亦多能注意言外之意，如張炎云：「情景交鍊，得言外意」（《詞源》），又如曹溶云：「所貴旨取花明，語能蟬脫」、「務令味之者一唱三歎，聆之者動魄驚心。」此與鍾嶸《詩品・序》「味之者無極，聞之者動心」，正前後輝映。凡爲詞，即不可缺言外之意，寄託詞作自不例外。若論鑑賞，則需於「詞外求詞」（《蕙風詞話》），以豐潤詞作原蘊。

以上就功用以談言外之意，以下則就內質以言其特性。言外之意實以「隱」爲用，隱則不直、不盡，落意言外，令人遐思神往。意不直則曲致之，意不盡則豐蔚之。曲致則意不彰，豐蔚則意不單。此即說明何以「事之難顯言者，每以隱語出之」〔註2〕之理。「隱」亦即「超以象外，得其圜中」〔註3〕之運用。凡義之所出，不以眞實之象求，而以逼眞之神理求，將眞實之象義託付於逼眞之神理表達，隱之爲用，在此表露無遺。

以上僅籠統說隱，細說詞中之隱，當以寄託詞作爲艱奧。非寄託詞作運用隱美，如晏幾道〈臨江仙〉「兩重心字羅衣，琵琶絃上說相思」，據《詞林紀事》載，即晏氏〈玉樓春〉「小蘋若解愁春暮」之意，若將後者視爲一象，前者則爲象之神理，此時象與神理仍統基於相同之事物上。若詠物時用代喻格，如詠水仙而說湘娥；或不說桃而說劉郎、紅雨，或詞中運用比興而未沾染人事，如賀鑄〈青玉案〉「一川煙草，滿城風絮，梅子黃時雨。」其隱美則多建基於事物中，一種似

〔註2〕見曾國藩評杜甫〈奉同郭給事湯東靈湫作〉，《十八家詩鈔》。
〔註3〕見司空圖《二十四詩品》。

是而非、若即若離之微妙關聯上。而寄託詞作因摻入羣學色彩，其隱美所建基於事物中一種似是而非、若即若離之關係，已入道理式之引伸推理。代喻格之隱美，僅爲代換式之比譬，尚不難推理。而閨房夫婦之道，何以爲君臣忠愛之寄託？此以理尋之推理，實令人難以把捉。從夫婦之道所引伸者，似又非限於君臣忠愛一義，其本身可有無數之發展義，日人西田幾多郎博士以爲作品「不是從多到一的東西，是從一到多的東西。」君臣忠愛，此僅夫婦之道所可比譬萬理中之一端，讀者如何由萬理中獨理出君臣忠愛此一理，實爲一難；即令套用成習，然君臣忠愛又指現實事境中之何事？若無確切本事與解題之法，實難指說，此又一難。此處所說者，乃針對尚有迹可求之寄託，設若性靈先於寄託而情邈，又於其中運用離合反正之法，以此託載怨悱，其指歸將在可解不可解間，此類泯端倪而離迹象之隱美，有如隔霧看花，歸趣難求。

　　詞之寄託較詩之託諷令人神觀飛越、味之無極，從言外之意角度言，正是詞承詩之言外之意，且又變化運用，轉加深蔚之結果。

二、怨悱不亂──尋羣學基礎

　　所謂寄託詞作，以情感表達方式言，乃是將醞釀多時之情感，於訴諸所託以表達時，較一般非寄託詞作拗折一層，且富暗示性。從美學觀點探討，此即言外之意所流露之隱微；從羣學觀點言，此又怨悱不亂所達之效果。詩有「詩窮而後工」之說，詞亦當有「詞窮而後工」之說。〔註4〕詞中怨悱不亂，究竟爲何種現象？此處欲落實於詞作以言，並借詩之託諷觀以折衝其實。「折衝」之義，即因彼方之特色而反見出此方之特色，非欲因彼而指導於此也。且援詩而說，又可證明詞之怨悱觀，亦確曾受詩之影響，所謂尋羣學之基礎，其道理即在此。

―――――――――

〔註4〕朱彝尊《紫雲詞‧序》曰：「至於詞或不然，大都懽愉之詞，工者十九，而言愁苦者，十一焉耳。」余以爲以此論北宋詞尚可，論南宋詞則反是。觀南宋有性靈之作，皆與寄託有關，捨此，言情山水，泛泛之作，皆非南宋詞作之主流。

　　唐詩中之託諷，或宋詞中之寄託，均可謂乃詩教「溫柔敦厚」下之一支，此由精神義上籠統泛說。若深究之，詩人詞客面對世局詭譎、家國興衰，卻呈現不同之心態差異。詩人詠物、用典，其環譬諷比之凝聚力，大多以外射於詩人所欲託諷之對象爲多，故含有極強烈的現實主義色彩。詞則不論詠物或用典，其觸類比興，最後所凝聚之情感，大多內斂積怨於作者自己。王沂孫詠物諸作即爲典型之例，如其〈天香龍涎香〉：

> 孤嶠蟠烟，層濤蛻月，驪宮夜采鉛水。汎遠槎風，夢深薇露，化作斷魂心字。紅磁候火，還乍識、冰環玉指。一縷縈簾翠影，依稀海天雲氣。　　幾回嬌嬌半醉，翦春燈、夜寒花碎。更好故溪飛雪，小窗深閉。荀令如今頓老，總忘却、樽前舊風味。謾惜餘薰，空篝素被。

愛國心意不減，然力已不逮，且其勢亦無可挽回，觸景比興，空增悒鬱而已，是以用典荀令，乃是自況老邁。又如第三章第二節「創作論」中，曾舉碧山〈水龍吟白蓮〉一闋，詠白蓮僻處幽隅，無人自賞，即是以白蓮之高潔，象徵己身之孤芳失遇。詩中託諷所用之典、所詠之物，多爲託諷對象之化身；詞中寄託所用之典、所詠之物，多爲個人人格之寫照。可知詩之託諷以他怨爲多，以歸愁於己情者少，詞則反是，求愁釁於己情爲多，求他怨者少。寄託詞作中他怨之作，可以辛稼軒〈摸魚兒〉爲代表，陳廷焯評曰：

> 「更能消、幾番風雨」一章，詞意殊怨，然姿態飛動，極沈鬱頓挫之致。起處「更能消」三字，是從千回萬轉後倒折出來，眞是有力如虎。

又云：

> 怨而怒矣！然沈鬱頓宕，筆劫飛舞，千古所無。「春且住」三字一喝，怒甚。結得愈淒涼、愈悲鬱。（《白雨齋詞話》）

陳氏說「怨而怒矣！」絕非孟浪矢口之怒，乃是怒以怨爲底。稼軒之怒由曲折逼轉中而出，最後亦歸結於篇末「閒愁最苦，休去倚危欄，斜陽正在，煙柳斷腸處」之怨上，不正是怒以怨爲基底乎？辛氏因自

怨悽厲,以致即或有託諷之迹,於詞客騷情掩抑下,世局之迷幻詭譎,即在一片愁騷撕扯間渾沌幻離。詩中託諷亦有極高明之作,然因常以賦、比敍述口吻為底,於若隱若露中,猶可感覺出斷語之所在,僅不能明曉所指為何事。而詞,欲測知其中有否託諷動機已不易知,遑論縋幽鑿險,杷梳真相,故鑑賞寄託詞作,絕不可如猜謎語般強求答案,亦不可以深文羅織之。託諷與寄託之最大分野即在此,此即讀託諷詩,每覺有強烈往外傾洩之怨怒,而讀寄託詞,乃反為詞中一股惆悵神傷,噴澆得無法釋懷之原因。

　　二者之不同,與詩詞之質性、作用有關。詞之質性,繆鉞《論詞》說之極詳,由其中可知,詞之質性不適合諷刺,倒適合寄託。就作用言,詩詞反映社會之角度有殊,詩主致用,詩人以一己之心涵蓋社會,所涵之社會層面愈深廣,因小我而致大用之功亦廣,故詩主補世之用。〔註5〕宋詞即本此說,然宋詩多與散文合流,又深受理學之指導,因而呈現平實之說理作風,〔註6〕清吳喬《圍爐詩話》曰:「唐人以詩為詩,宋人以文為詩。唐詩主於達情,故於三百篇近,宋詩主於議論,故於三百篇遠。」因宋詩「言理不言情」,〔註7〕是以唐詩中風騷怨悱觀,不注入宋詩,而注入宋詞。宋詩雖亦主張比興、補世說,而乏似風騷之韻致與情味,寄託詞作正可補宋詩情味之淺薄,此即尋唐詩羣學觀而來之事實。雖有所承,論作用,詞則不主補世說。看重詞體之因,即詞輕柔香倩,可供發抒吐臆,故不論懽愉或牢愁,多以詞人一心感觸為主,原不欲有所有用。詞中反映社會,不過以他怨為幌,以內怨為質底而已。積極濟世,此補世說離詞之作用已遠,惟有感歎欷歔,解救性靈,方為詞之大用。

〔註5〕《龜山語錄》曰:「詩尚譎諫,唯言之者無罪,聞之者足以戒,乃為有補,而涉於毀謗,聞者怒之,何補之有!」引自《詩人玉屑》。
〔註6〕《四庫提要》云:「自班固作〈詠史詩〉,始兆論宗。東方朔作〈誡子詩〉,始涉理路。沿及北宋,鄙唐之不知道。於是以論理為本,以修詞為末,而詩格於是乎大變。」
〔註7〕見明陳子龍《王介人詩餘·序》,載於《安雅堂稿》卷三。

　　以下舉《鶴林玉露》所載潘佑、稼軒之詞林事蹟，以爲前說之佐
證：

> 南唐有張泌、潘佑、徐鉉、湯悦，俱有才名，後主於宮中
> 作紅羅亭，四面栽紅梅，欲以豔曲記之。佑應令曰：「樓上
> 春寒山四面，桃李不須誇爛漫，已輸了東風一半。」時已
> 失淮南，故以詞諷諫也。

又：

> （稼軒〈摸魚兒〉）詞意殊怨，「斜陽煙柳」之句，其與「未
> 須愁日暮，天際乍輕陰」者異矣。使在漢唐時，寧不貫種
> 豆種桃之禍哉？然聞壽皇見此詞，頗不悦，然終不加罪，
> 可謂至德也已。

北宋王銍《墨記》載後主居汴日，嘗語徐鉉曰：「當時悔殺了潘佑、
李平。」由此可知，直諫未婉，多易致禍尤。稼軒怨歸於己，或涉
託諷，其諷在有無間，所謂「亡國之音，不爲諷刺」。〔註8〕壽王不
加罪，固然壽王仁愛，然稼軒求語不涉迹，亦明哲保身之道。白居
易〈採詩官〉一首云：「欲開壅蔽達人情，先向歌詩求諷刺」，此斷
不可能出現於詞中。詞必欲人味之無極，而後方可令人聞而動心，
故詞不以諷諫爲用，以內積怨而愁煞人爲用。寄託需具備較託諷更
向內深婉之詞心，與更幽曲之表現手法，如此，非謂二者有高下之
別，旨在援詩以反見寄託之妙而已。

　　《禮記・經解》篇孔穎達正義釋「溫柔敦厚」爲：

> 溫，謂顏色溫潤；柔，謂情性如柔。詩依違諷諫，不指切
> 事情，故云溫柔敦厚是詩教也。

籠統而言，詞中寄託亦可謂爲「溫柔敦厚」之發用。若欲細究其精，
則寄託詞作雖亦「不指切事情」，然而諫之味已無，至多不過偶於抒
情中夾帶些許怨怒，故寄託不必定以諫而敦厚爲用。又寄託詞作雖亦
呈露出「顏色」、「情性」，然而備極閨幃旖旎，似又較詩怨深文綺，

〔註8〕見王闓運《湘綺樓詞選》評稼軒〈摸魚兒〉。

故寄託詞作之纏綿悱惻，又甚於詩之「溫潤」、「和柔」。詞之撲厥風旨，與詩教之關係，只能說乃義仍「敦厚」而已，究其事實，寄託與諷諫有別。淮南王劉安敘《離騷傳》曰：「國風好色而不淫，小雅怨悱而不亂。」﹝註9﹞余以爲單就字面言，「好色而不淫」、「怨悱而不亂」，較「溫柔敦厚」一語，更能曲盡寄託詞作哀怨感人、風力丹彩之特色，故本文提及寄託之羣學觀，即以「怨悱不亂」爲其義涵。

三、遭時而變——寄託之導因

由小令演爲慢調，由文人餘事而至詞人專詣，琢鍊字句、嚴求音律、唱和酬贈、聚社擬題，乃詞體自身由北趨南之變，此一現象，有助於詞體日益工鍊，亦有裨於寄託之發展。而由北宋小令續《花間》、《草堂》餘緒，宴嬉逸樂、歌頌太平之詞風，入趨南宋愁苦暗聲、憂讒畏譏之詞境，此一現象，則又田同之《西圃詞說》所云：「時爲之也。」是以南北宋詞正自有其特色，故只可論時代，而不可論高下。寄託之緣起，受賜於詞體日益工變之因素，更繫乎時局多變之時因。因遭時而變，寄託乃能登擅於詞場。此處即欲探討寄託興起之關鍵—「時代與政治」，期盼能於「感概所寄，不過盛衰」一語，有更多之認識。

趙宋一朝，因靖康之難而版縮爲南宋，復遭元兵覬覦而淪爲下民。其因林林總總，近人論述頗多，﹝註10﹞總括而言，「彊本弱末」政策之失，實爲關鍵。「彊本」，即固強中央政府所在地（開封）；「弱末」，即不惜削弱四隅之藩鎭力量。最明顯之例，即爲北宋太祖建隆二年之杯酒釋兵權；不獨表現於軍權上，如北宋以來革新派與保守派，或改革朝政，或固守舊本，原皆本「強幹弱枝」之心理。孰料革而未恆，朝野又分立。自仁宗天聖三年（1025）范仲淹與宰相呂夷簡之黨爭起，至北宋靖康之難（1127）止，新舊黨爭爭喋不休，互相傾軋，「彊本弱末」始初本意遂蕩然無存。北宋之淪亡，可謂與黨爭相

﹝註 9﹞見呂祖謙《呂氏家塾讀書記》卷五。
﹝註10﹞可參宋晞所編《宋史研究集》。

終始。弱末政策原為彊本，而本則不自固，焉有版宇之內不自亂陣腳，版宇之外不思蠶食之蠹動？此外，北宋之淪亡，理學亦不能辭其咎。理學家高談聖賢之道，於建國大業，實際事功，則無多裨益，「譏宋亡者云，聲容盛而武備衰，議論多而武備少」，〔註11〕正可窺見兩宋重文輕武、徒騁議論之弊病。然理學家重氣節，間接則砥礪忠臣賢士忠肝赤膽之心。〔註12〕由詞中顯示出，詞人無論遁世或入世，其氣節多與日月同光輝。故理學之功過，又不能一概而論！加之太祖建國以來，即頒「休養生息」之令，歷朝恪守不違，憂患意識早已不入人心。故北宋開國以來，雖政經國防頻露危機，然朝野上下猶自織太平美夢，是以社會風氣普遍呈露出昇平之假象。

此期詞作大多流露出偎紅刻翠、風華富貴之氣象。〔註13〕若求與政治幽暗相繫存者，則如鳳毛麟角，且亦不如南宋詞作流露有為之心。詞人因政治立場不同，而遭傾軋排擠，或召使在外，偶流哀思者，如范仲淹守邊西夏作〈蘇幕遮〉；如蘇軾因詩案而貶謫南荒，於黃州定惠院寓居時作〈卜算子〉；如洪皓使留金國，宴席上侍婢歌〈江梅引〉，有「念此情，家萬里」之句，復聞本朝使命將至，感慨久之，因作〈江梅引〉；又如秦觀「一謫南荒，遽喪靈寶，故所為詞寄慨身世」，〔註14〕紹聖初，少游作黨籍削秩，曾徙郴州，〈踏莎行〉悽厲感人，疑即此時之作。北宋詞富貴華嚴之外，亦有流露蕭散沖澹之象者，詞人之心夢淚痕，皆可於其中發現。故觀看北宋「得之於內，不可以傳」〔註15〕之寄託詞作，更需合詞人之身世與時代以觀。

〔註11〕見《宋史紀事本末》卷十四張溥贊語。
〔註12〕如朱子《近思錄》卷七曰：「父子君臣、天下之定理，無所逃於天地之間」，又《續近思錄》卷七曰：「盡其道而死者，皆正命也。」
〔註13〕可參吳處厚《青箱雜記》載晏元獻與季慶孫論詞之富貴氣象，又陳振孫《直齋書錄解題》說：「（柳詞）承平氣象，形容盡致」，又樓鑰《清真先生文集・序》曰：「清真樂府播傳，風流自命」，由宋人口中親自道出，更能想見北宋詞之富艷絕倫。
〔註14〕見馮煦《宋六十一家詞選・例言》。
〔註15〕同註14。

　　靖康之難後，康王渡江繼立爲宗，百五十二年中，實可以「多事之秋」、「風聲鶴唳」形容之。南宋承北宋，已至積惡難返之境，不思藥根，反求醫表，故增兵而兵力未增，增官而官治蕭條，冗兵冗官多而歲不敷支，以是賦斂綦重，民不聊生，多有逼良爲盜者，此即當時經濟社會之弊端。而於軍政上，北宋杯酒釋兵權重演於南宋，遂有解決三大將兵權（韓世忠、張俊、岳飛）之舉動，國防頓失重將，北人如入無人之境，弱末政策更形貧血，此即南宋軍事國防之弊端。復因奸小禍國、元兵壓境，局勢愈演愈劣，終至陸秀夫抱祥興帝赴海，文天祥燕京成仁取義，南宋淪亡，不亦自取其辱乎？

　　南宋詞繫乎時局之作，初期呈露忠憤騷慨之氣，宋亡後，遺民詞更爲一片噤聲細語。初期之作，依詞人志性之異，又有殊象。如謝克家〈憶君王〉、姜夔〈揚州慢〉等，哀怨感人，草木同悲，此皆北眺中原，懷瞻前塵，奔波勞苦時所慨之賸水殘山，[註16] 筆猶「據事宜書」（周濟語），是尚未深心寄託。至覺前事已遠，無復興歎，而轉逃於吟風弄月者，此被目之爲頹放派之詞家，原亦有赤誠之心，然「奇謀報國，可憐無用」（朱敦儒〈水龍吟〉），彼等背後皆有痛徹心骨之身世。如朱敦儒曾一度被論與李光交通，遂罷浙東提刑，而秦檜晚年用其子爲刪定官，又欲敦儒教秦伯陽作詩，遂除鴻臚寺少卿，敦儒懼禍不敢辭，未幾，檜死，敦儒亦廢，士論惜之。[註17] 父子一生際遇，全遭秦檜差排，無怪乎嘗歎「世事短如春夢，人情薄似秋雲，不須計較苦勞心，萬事元來有命。」（〈西江月〉）頹放派詞風，不獨因詞人際遇使然，亦與詞人之個性有關。

　　若不因政局之差排而消極頹廢，反欲效困獸之鬥，作孤注一擲者，皆被目爲豪放派詞人。而豪放亦非眞豪，如曾叱咤一時之岳飛，

〔註16〕姜夔〈揚州慢〉一詞所道之時空，可參該詞曲牌下之小序，及鄭文焯所校《白石道人歌曲》。鄭氏以爲此詞與〈淒涼犯〉同屬江淮亂後之作。

〔註17〕見饒宗頤《詞籍考》。

其〈滿江紅寫懷〉似豪氣干雲，其豪亦寫懷之豪而已，其心實如其〈小重山〉所云：「欲將心事付瑤琴，知音少，絃斷有誰聽？」兩宋詞人中，何嘗有真實事功之豪？眾多豪放詞人中，稼軒怨豪蓄深，染人騷愁最名。稼軒攢涵人間怨恨之極而蓄之，至按捺不住之際，愁怨遂如潰水噴迸而出，斯時怨悱暗藏於筆鋒迴轉之際，如鼓風爐而助火苗興旺，稼軒之怨悱特深特厚，即此因由。由以上描述可知，「豪放」之「豪」，非逞豪健之豪，乃指詞人雖遭逢險阻，事功多被挫銳蓋掩，然於沈鬱悲涼中，猶覺情氣絲毫未衰之意。何以不能真豪？寄託詞作之作者皆未明言，劉仙倫〈念奴嬌送張明之赴西幕〉當可代為表達，其言云：「勿謂時平無事也，便以言兵為諱。眼底山河，樓頭鼓角，都是英雄淚。功名機會，要需閒暇先備。」

　　南宋初期愛國詞作，有平鋪娓述與包藏寄託之別；寄託之幽微雖不可解，然可意會而出。似常州詞家諱莫如深之作，實難於此期出現，至宋末，亦不過樂府補題詠物之作可以相提並論。故同屬寄託，宋、清二代却有其差異，蓋常州詞派興起於異族抑漢、臻於酷極之境；宋則尚以漢治漢，且設有臺諫之官。宋代雖倡君主集權，諫諍却為朝中公開允許之事。自太祖建國以來，即廣闢諫諍之路，太祖建隆元年，「詔自今百官，每五日內殿以次轉對，指陳時政得失，事關急切者，許不時上章，無以觸諱為懼。」〔註 18〕宋太學生課暇結羣，伏闕上書，剴切指陳朝政是非，〔註 19〕即言路無壅之明證。清陳廷焯譏德祐太學生〈百字令〉、〈祝英台近〉為「未得風人之旨」，〔註 20〕實即諫諍之遺痕。

　　既詔允言路無壅，又何需寄託？劉仙倫〈念奴嬌感懷呈洪守〉有語云：「追念江左英雄，中興事業，枉被姦臣誤。」彊本政策，於北

〔註 18〕見《宋史紀事本末》卷七。

〔註 19〕可參王建秋所著《宋代太學及太學生》一書。

〔註 20〕見陳廷焯《白雨齋詞話》。又此二闋即刺賈似道抗敵不力，因魯港一役不戰而潰，致遭元將伯顏率軍南下，而又於次年擄走恭帝、太后，無視人民流離失所之事。此事可參《宋史紀事本末》卷一百零六「蒙古陷襄陽」、《宋史・姦臣・賈似道傳》、《元史・列傳・伯顏》諸傳。

宋橫遭黨爭破壞，於南宋則因奸佞禍國而瓦解。宰相擅權，始於蔡京而致北宋亡，終於賈似道而致南宋滅，且相權獨霸，南宋亦多於北宋。諫諍因相權愈演愈熾、君宰有意陽奉陰違，而失却始初之美意，據《宋史紀事本末》載，「欽宗靖康元年春正月丁卯朔，詔中外臣庶直言得失。自金人犯邊，屢下求言之詔，事稍緩，則陰沮抑之，當時有『城門閉，言路開，城門開，言路閉』之譏。」〔註21〕紹興年間，李綱、張浚、趙鼎夾輔中興於內，宗澤、韓世忠、岳飛固守在外，以此功績視之，非復興無望，然而自秦檜長久把持政權以來，親金和議政策已爲各朝奸佞所主。力持主和，似欲待機而動，實則此輩奸小心懷鬼胎，既懼外武之強而惹禍上身，又恐主戰派一旦建功，於己不利，故不惜興起大獄，將忠良賢士妄織以「莫須有」之罪名。或排擯於外，或賜之以死，解除三大將兵權即爲顯例。又辛棄疾雄才大略，歸宋後，竟遭閒置幕府，稼軒於孝宗隆興元年上呈孝宗「論阻江爲險，須藉兩淮」疏，於乾道元年上「美芹十論」，又於乾道六年上九議，切言整軍備武、富國強兵之策，僅得虞允文賞識，然礙於主和派勢力，只得改派稼軒往滁州。豪情萬丈之稼軒，惟有空歎英雄無用武之地而已。淳熙元年，稼軒重至建康，〔註22〕登臨眺望，而作〈水龍吟登建康賞心亭〉：

> 楚天千里清秋，水隨天去秋無際。遙岑遠目，獻愁供恨，
> 玉簪螺髻。落日樓頭，斷源聲裏，江南游子。把吳鉤看了，
> 欄杆拍徧，無人會，登臨意。　　休說鱸魚堪鱠，儘西風，
> 季鷹歸未。求田問舍，怕應羞見，劉郎才氣。可惜流年，
> 憂愁風雨，樹猶如此。倩何人，喚取紅巾翠袖，搵英雄淚。

題內有意，即是寄託此時滿腹之憤慨！

　　宋代文網之密，不因言路無壅而匿迹，言路無壅僅爲一幌子，洪邁《容齋續筆》卷二曰：

〔註21〕見《宋史紀事本末》卷五十六「金人入寇」。
〔註22〕據鄧廣銘《稼軒詞編年箋注》一書。

唐人詩歌，其及先世及當時事，直辭咏寄，略無遜隱，至宮禁嬖妮，非外間所應知者，皆反覆極言，而上之人亦不以爲罪。（下舉白樂天、元微之、杜甫詩，從略。）此下如張祜〈賦連昌宮〉等三十篇，大抵咏開元天寶間事，李義山〈華清宮〉詩亦然，今之詩人不敢爾也。

洪邁，徽宗宣和五年至寧宗嘉泰二年間人，言下之意，正對宋代文網之密有所感慨。蓋唐雖內亂頻仍，國勢仍強，版圖亦完整，詩人諫諍託諷，君宰不以爲意。而趙宋一朝，偏安江南，國勢陵夷，君宰多度量狹小、私蔽昏泯。文人慨歎，若稍不留意，在此輩看來，似字字皆指向其身。此輩惟恐諫諍指摘，殃及其高位，遂處心積慮，以固其身，「莫須有」之文網因而興起。南宋理宗初年之江湖詩案，〔註23〕即爲一證。《齊東野語》載此案興後，「江湖以詩爲諱者兩年」。前車之鑑歷歷在目，或已因江湖詩案而影響及於詞，如詩案受害者劉後村，其〈跋劉叔安感秋八詞〉云：

> 叔安劉君落筆妙天下間，爲樂府，麗不至褻，新不犯陳，借花卉以發騷人墨客之豪，託閨怨以寓放臣逐子之感，周柳辛陸之能事，庶乎其兼之矣。（《後村先生大全集》卷九十九）

觀後村之言，可確證理宗寶慶初年時，已出現有意之寄託詞作，此吾人所尋出正式宣告「寄託」一語之證據。然於此之前，寄託之心早已興起，若依周濟謂寄託需攸關時代興衰，並婉轉幽索以道看來，稼軒實已開寄託之先鋒。

　　忠良遭陷，非僅關乎一、二人生死去留而已，靖康之難，欽宗歎

〔註23〕元方回《瀛奎律髓》載：「寶慶初，史彌遠廢立之際，錢唐書肆陳起宗之能詩，凡江湖詩人皆與之善。宗之刻《江湖集》以售，劉潛夫《南岳稿》與焉。宗之詩有云：『秋雨梧桐王子府，春風楊柳相公橋。』哀濟邸而誚彌遠，本改劉屏山句也。或嫁爲敖臞庵器之作。言者併潛夫梅詩論列，劈《江湖集》板。二人皆坐罪，而宗之流配。於是詔禁士夫作詩。如孫花翁季蕃之徒改業爲長短句也。彌遠死，詩禁始開。潛夫爲病後〈訪梅〉詩云：『夢得因桃卻左遷，長源爲柳忤當權。幸然不識桃并柳，也被梅花累十年。』此可備梅花大公案也。」又此詩案可參周密《齊東野語》、《浩然齋雅談》及羅大經《鶴林玉露》。

宰相誤我父子;《宋史‧史彌遠本傳》有「擅權用事,專任憸壬」之
筆伐,奸相擅權多攸關兩宋之存亡。國破家亡,流連眷戀不已,新朝
瓜代,又不得掏心以吐,丁紹儀《聽秋聲館詞話》云:

> 宋末人詞,語馨旨遠,淺視者每視為留連景物而已,不知
> 其忠憤之忱,恆寓於諧聲協律中。

此如夢窗、草窗、碧山、西麓、玉田諸人,其詞婉約動人,其胸多有塊
壘,尤以碧山《花外集》能「語馨旨遠」。宋祚不再,而詞人猶不遺忠
愛之心。元至元十五年,總江南浮屠楊璉盡發諸陵及大臣塚墓凡一百一
所,以鎮南浮屠,林景熙、唐珏、王英孫喬扮採藥郎,覓得遺骨,歸葬
越山天章寺前,移宋長青殿冬青樹而植之。〔註24〕隔年,碧山與周密、
王易簡、馮應瑞、唐藝孫、呂同老、李彭老、陳恕可、唐珏、趙汝鈉、
李居仁、張炎、仇遠及無名氏,共十四人,〔註25〕結汐社以唱酬,即詠
此事。為恐事洩罹禍,故多以詠物託事出之。夏承燾〈樂府補題考〉,
以龍涎香、蓴、蟹指宋帝,以蟬與白蓮託喻后妃。周濟曰:「玉潛非詞
人也,其〈水龍吟〉白蓮一首,中仙無以遠過,信乎忠義之士,性情流
露,不求工而自工。」(《介存齋論詞雜著》)朱彝尊《樂府補題‧序》
曰:「誦其詞可以觀其志意所存。雖有山林友朋之娛,而身世之感,別
有淒然言外者,其騷人〈橘頌〉之遺義乎。」特誌之,以表彰其氣節。

　　兩宋詞人忠義朗昭之心,浩然可與日月同光,詞中興慨之作,可
抵一部血淚宋史。宋無赫赫威功,却發出文學之光輝,兩宋內斂文學,
當以血淚斑斑之詞為極致。詞中能令禽鳥花草哀啼泣淚,能令無機死
物似人動情,正時代興衰、政治幽暗、詞人慨歎三者兼相不離,共創
之化工。詞中怨悱不亂之曲致,惟有建立於其上三者,方能免無病呻
吟之譏歎!

〔註24〕可參《宋遺民錄》、《元史紀事本末》中之「佛教之崇」章。又可參
　　　　近人黃兆顯《樂府補題研究及箋注》一書。
〔註25〕《四庫全書總目》卷一百九十九,集部詞曲類二《樂府補題》一卷
　　　　下作十五人。王樹榮跋《樂府補題》有十四人之辨。

第二節　宋詞寄託手法之分析

本章爲何特闢「宋詞寄託手法之分析」一節，其因在於常州詞派頗重視學習一義。周濟曰：「詞以思筆爲入門階陛」，詞思不可學，亦無需參，詞筆雖不可襲，却可參之。且寄託手法所具備烘托、呼喚、鉤勒等效果，亦確實能助詞思達沈鬱頓挫之境界。故本節即本筆如何贊思、思如何爲筆所縷之角度以言。經由分析宋詞寄託手法，又可進一層了然周濟寄託理論，如周濟謂創作應「驅心若游絲縹飛英」，應「含毫如郢斤之斲蠅翼」，應「以無厚入有間」，又謂詞筆應力求脫複反正，事實如何？如其門徑論，取周、辛、吳、王四家，特色如何？又如其出入論，由北開南，由南追北，此轉進若自手法言，各有如何不同之法？均可於其中見之。

未進入正題之前，需澄清一段言辭。惠言《詞選·序》曰：「傳曰：意內而言外謂之詞。……蓋詩之比興，變風之義，騷人之歌則近之矣。」此言易令人混淆「比興」與「寄託」。二者間之關係當如何釐清？比興原具備目的與作法二義，目的義即爲「美刺」或「託諷」，若不如此嚴肅，亦可以「託志」解釋其義，從此一角度言，寄託亦是託志之一法，二者可謂相等。然欲區別目的與作法之分野，目的義之比興，常換成「風騷」一詞，謂寄託之精神乃沿襲比興之精神，猶言寄託之精神乃沿襲風騷之精神。然自作法而言，原始比興作法，必因文體之變格而不斷求繁求變。詩之比興，以詞視之，猶死法也，詞中更有精細之手法。詩雖不全以比興實際作法影響於詞，然詞仍需接受比興觀念之影響，故謂比興乃一切寄託手法之骨幹。舉例言之，如借典故以託志，即建立於心理學之類化作用上，而此類化作用即比之觀念。故比興並不等於寄託手法，由以下敍述中即可明瞭。惟有建立於比興觀念上之手法，方是寄託手法。

一、運用景物之道——觸景興感

前已曾言，比興乃一切寄託手法之骨幹。詞中運用景物之道，即

以興而比爲骨幹。所謂興而比，即以興爲骨，而比自生於中。就景敍
情即如此，即令即事寫景亦是先經過觸景興感之反射心理，而後方即
事造景，蓋詞不以專敍事爲工，乃以觸景發興爲能，故比在詞中乃由
興而起。詩經中之興而比，多建立於上下文之因果關係上，如〈關雎〉
首章：「關關雎鳩，在河之洲」，是爲興，需道出「窈窕淑女，君子好
逑」，方能顯其興而比之作用，而詞中則無需道出下文，往往即可於
本句內自求興而比。何謂本句內之興而比？其產生之效果爲何？可以
羅大經《鶴林玉露》之語爲說：

> 賀方回云：「試問閒愁都幾許？一川煙草，滿城風絮，梅子
> 黃時雨。」蓋以三者比愁之多也，尤爲新奇，兼興中有比，
> 意味更長。

閒愁幾許？常人不過寫愁之難熬，或直譬愁之多寡，方回喻愁突出眾
人之上，其因在興兼比，「一川煙草，滿城風絮，梅子時雨。」不單是
景，又曲喻愁之質量，故景又爲情。故曰興而比，亦即觸景興感之意。

　　觸景興感又依情景交接渾融與否之程度，而有兩種情形，如方回
喻愁之句，已達情景交融境界，陳洵評夢窗〈絳都春爲李篔房量珠賀〉
云：「鎔人事入風景，則實處皆空，鎔風景入人事，則空處皆實。此
篇人事風景交鍊，表裏相宣，才情幷美。」（《海綃說詞》）即言興而
比以情景交融式爲自然高妙，若情景未能渾融一體，即出現景物帶恨
惹怨之色彩。

（一）情景交融式

　　北宋諸公尤擅此道，如歐陽修〈蝶戀花〉「淚眼問花花不語，亂紅
飛過鞦韆去。」如范仲淹修〈蘇幕遮〉「山映斜陽天接水，芳草無情，
更在斜陽外。」情景交融最具象徵義，義蘊最豐廣，故上二詞有寄意，
而未必有確指之本事在內。南宋詞中亦不乏此法，如夢窗〈惜秋華重九〉
後片：「江上故人老，視東籬秀色，依然娟好。晚夢趁、鄰杵斷，乍將
愁到。秋娘淚溼黃昏，又滿城、雨輕風小。」陳洵曰：「秀色秋娘，義
兼比興。」（《海綃說詞》）又如夢窗〈憶舊遊別黃澹翁〉中：「片紅都飛

盡，正陰陰潤綠，暗裏啼鴉。」陳洵亦曰：「片紅潤綠，比興之義跌起」
（同上）。

　　情景交融原為詞中表現手法之一，寄託之有無，屬於作者屬辭命
義問題，而非手法本身問題，故情景交融法如何與寄託結合，而達成
情景交融式之寄託？此處再以夢窗〈浣溪沙〉為例：

　　門隔花深夢舊遊，夕陽無語燕歸愁，玉纖香動小簾鈎。

　　落絮無聲春墮淚，行雲有影月含羞，東風臨夜冷於秋。

從景言，「春墮淚」，象樹葉落地狀，「月含羞」，象月為雲遮狀，而陳
洵乃曰：「『春墮淚』，為懷人，『月含羞』，因隔面，義兼比興。」（同
上）觀首句「門隔花深夢舊遊」，知過片兩句確為觸景興感而來之語，
而語中又寄寓懷人之思。若所懷並非泛指之人，作者確實已於此二句
中，注入懷某人之真實性，即在情景交融之象徵意中寄寓本事，故《夢
窗詞集》諸多寄託詞皆為憶妾之作。從寄託觀點言，運用情景交融式
之寄託，即是使喻體（內心之所託）與喻依（所託之表徵）泯滅其痕，
以達渾融無迹。此種寄託手法，已入自然高妙之境，全憑作者之天外
奇思，其手法多不能言傳。

（二）帶恨若怨式

　　詩中運用景物，並無多精心構造；詞中之景物，大多精心構造，
且強烈浮映作者情感。非僅如此，帶景物之句，亦漸變為本身即具比
用之趨勢。唐詩亦有此現象，然皆無如宋詞之極詣。因景物本身已具
比用，景物因而顯出似皆有意無意在「獻愁供恨」（稼軒〈水龍吟登建
康賞心亭〉語），如：

　　春風不解禁楊花，濛濛亂撲行人面。（晏殊　踏莎行）

　　垂楊只解惹春風，何曾繫得行人住。（同右）

　　月下金罍，花間玉佩，都化相思一寸灰。（秦觀　沁園春）

　　江月知人念遠，上樓來照黃昏。（秦觀　木蘭花慢）

　　長條故惹行客，似牽衣待話，別情無極。（周邦彥　六醜薔薇
謝後作）

　　莫叫鶗鴂送韶華，多情楊柳，爲把長條絆。(晁補之　梁州令疊韻)

　　綠樹聽鶗鴂，更那堪，鷓鴣聲住，杜鵑聲切。(辛棄疾　賀新郎別茂嘉十二弟)

　　春未老，未驚臺榭，瘦紅肥綠，(辛棄疾　滿江紅)

　　飛紅若到西湖底，攪翠瀾，總是愁魚。(吳文英　高陽臺豐樂樓)

由上述例句中可見出，依詞作之時間先後，景物興怨掀恨之色彩，亦由淺入深。北宋詞人大多以摹景寫心爲排遣鬱悶之法，尚未掀動鬱勃熱烈之情思，然至南宋，寄託興起，詞人大多借景物託情，景物即因詞人內蘊情感之不能自己，而觸破其祥和性。觸景興感之句，對寄託有何好處？沈祥龍《論詞隨筆》云：「感時之作，必借景物以形容之，如稼軒云：『算只有殷勤，畫簷蛛網，盡日惹飛絮。』同甫云：『恨芳菲世界，遊人未賞，都付與、鶯和燕。』不言正意，而言外有無窮感慨。」

　　「興是內蘊的感情，偶然被某事物所觸發，因而某一事物便在感情的振盪中。」〔註26〕故觸景興感式之寄託手法，亦即「物皆著我之色彩」(《人間詞話》) 法。同是觸興之景，景在南宋詞中所受詞人感情之震撼力，比受北宋詞人感情之影響強烈。依時間之先後，寄託詞作中之景物，其所「獻」、「供」愁恨，即愈趨明朗化。

　　爲達成景物帶恨惹怨之效果，需虛擬景物如人之有生命，此即擬人法之運用。運用此法，需特別留意景物之特性或動作，而後找尋一組可類比之人之特性或動作，以替代之。如前所舉，「長條故惹行客，似牽衣待話，別情無極。」「惹」以代「佛」，「牽」以代「鈎」；如「春風不解禁楊花，濛濛亂撲行人面。」「禁」、「撲」皆效人之動作；又如「春未老，已驚臺榭，瘦紅肥綠。」「瘦」代衰，「肥」代「茂」，皆是效人之特性。善用意象乃此法之特色，此意象當選得極精確，以適切之人與景物作兩面之照應，故自此意象上，即可浮映作者之感

────────────

〔註26〕見徐復觀《釋詩的比興》一書之「重新奠定中國詩的欣賞基礎」。

情，可代表景物之特性或動作。若詞人重複多次使用一意象，此意象即進入象徵境界，試舉夢窗詞爲例：

> 翠杳零落紅衣老。(惜黃花慢送客吳皋)
>
> 敗紅趁、一葉寒濤。(同右)
>
> 片紅都吹盡，正陰陰潤綠，暗裏啼鴉。(憶舊遊別黃澹翁)
>
> 冷波葉舞愁紅。(解蹀躞)
>
> 斷紅一任風吹起，結習空時不點衣。(思佳客賦半面女髑髏)
>
> 流紅江上去遠，翠尊曾共醉。(齊天樂)
>
> 啼鶯聲在綠陰中，無處覓殘紅。(望江南)

「紅」，通常爲花正盛開時之意象，僅出現一兩次，可確信「紅」乃「花」之代字，若屢次出現，即說明「紅」此極端耀眼且具生機之意象，一旦晦黯失色（老、敗、盡、愁、斷、流、殘），非僅爲夢窗傷春意緒之表露而已，且正象徵夢窗盛年之逐漸老去。

　　經由以上手法之運用，詞中帶景物之句，即染有濃烈之作者情緒。景物非人，何能「獻愁供恨」，觀行文語氣，即知怨氣之發動來自詞人本身，如夢窗〈高陽臺豐樂樓〉：「飛紅若到西湖底，攪翠瀾，總是愁魚。」鄺士元引王國維說，而證「魚」即「予」、「吾」之意〔註27〕，姑不論夢窗是否故意藏字，「愁魚」終是表象義，「愁予」或「愁吾」方是眞用意。一片飛紅能產生如此驚人之力量，可想見夢窗創作當時之心境。

　　總結前言，詞人差排自然界中之草木鳥獸、山川風雲以排遣鬱悶，出現兩種不同之寄託手法，一爲偏重於寄意之法，所採之道，亦即情投射於景上而與之交融；一爲偏重於託旨之法，所採之道，即以

〔註27〕鄺士元曰：「愁魚，猶愁予或愁吾也。王國維云：『《周禮·天官》廞人。《釋文》：「廞或作斂。」廞、斂同字。知虞、魚亦一字。魚，吾同音，往往假虞爲吾，齊子仲姜鎛云：「保虞兄弟，保虞子姓」。即保吾兄弟，保吾子姓也。沈兒鐘，「廞以宴以喜」，即吾以宴以喜也。《史記·河渠書》：「功無已時兮，吾山平」。吾山即魚山也。』王說是也。按：《浙江通志·藝文門》作『愁予』。」，載於《宋四家詞選箋注》一書卷七（夢窗〈高陽臺〉注釋）

情之激盪而造成景物之不安性。

第三章已言及，寄託應作廣狹觀，廣義之寄託著重於寄意，因是寄意，只要在觸景而興時，作到就景敍情或以景融情，即能達致以景為主式之自然寄意。此種方式之寄託，亦正順應初期詞體之需要，北宋小令語短情雋，無法如長調可於章法離合順逆上恢拓寄託，故需採取簡鍊式之寄託法。至南宋，因長調適於作吞吐式之寄託，且南宋詞人心志之怨悱，不以「寄」而以「託」之方式出現，故需刻意找尋託志之方法，因此除以上二法外，尚具更複雜精構之寄託手法，南宋寄託詞作亦因此更深奧。因南宋詞人多將託旨以典故、章法、詠物之方式呈現出，相形之下，情景交融或景物具備帶恨惹怨色彩之句，於南宋詞中即非承載託旨之主位處。然南宋詞人亦是先觸景興感，而後方託意於其中，故前述二法於後期寄託詞中，常具有呼喚託旨，使之隱現之能力，如稼軒乃於景物之帶恨惹怨上，建立起借典故比託隱射之寄託；如夢窗乃於其上，建立起以章法之離合順逆曲包寄慨之寄託；又如碧山乃於其上，建立起借詠物託寓人事之寄託。以下即敍述於比興基礎上所架構之寄託手法。

二、運用典故之道——比託隱射

創作，除自出寄思外，常從文化遺產中掘取舊材，若能融爲己用，賦予新內涵，實不失爲因事利便之法，此歷史文化遺產，稱爲典故。典故，通常指具情節之故事，然亦包括前人之詩詞文句。

典故均以精簡之括語出現，通常皆被概括成人名，如何遜、飛燕、季鷹等；或被概括成地名，如西園、高唐、金谷等；或被概括成物名，如錦字、羊裙、紈素等；或被概括成事象，如瓊壺敲盡、求田問舍、書咄咄等。經由具象括語之引導，可使吾人沈浸於典故之彼情彼景中，而後又能出乎其外，進而以典故聯想詞人當時之斯情斯景，是以舊經驗與新經驗必須有其類似點，而用典之目的，即是借舊經驗以引領新經驗。

具體而言，詞中用典之目的有三，不同之用典目的，即賦予典故

於詞中不同之使命與效果：

（一）為使詞人當時之情景，能於詞中造成深刻之印象

如：

　　前度劉郎重到，訪鄰尋里，同時歌舞。惟有舊家秋娘，聲
　　價如故。(周邦彥　瑞龍吟)

　　座上琴心，機中錦字，覺最縈懷抱。(周邦彥　氐州弟一)

　　旗亭喚酒，付與高陽儔侶。(周邦彥　瑣窗寒寒食)

　　記當年，初識崔徽。(辛棄疾　新荷葉和趙得莊韻)

以第二例為言，非謂當時亦有如相如以琴心挑逗文君，或蘇氏贈竇滔
迴文錦書之舉動，而是欲置詞人當時之情景於相類似情景之典故中，
借典故之氣氛，以渲染或設喻當時之情景。此時典故具比況之作用，
因而可達經營藝術氣氛之效果。此類用典目的，旨在形容比況，並無
託喻之功能。

（二）為託寓微苦哀感之志

如：

　　把吳鉤看了，闌干拍遍，無人會、登臨意。休說鱸魚堪膾，
　　儘西風、季鷹歸未。求田問舍，怕應羞見，劉郎才氣。(辛
　　棄疾　水龍吟登建康賞心亭)

　　前度題紅杳杳，溯宮溝，暗流空遠。(王沂孫　水龍吟落葉)

　　客思吟商還怯。怨歌長、瓊壺暗缺。翠扇恩疏，紅衣香褪，
　　翻成消歇。(周密　玉京秋)

以第一例為言，非僅用典能經營當時之氣氛，亦能託載詞人之感情、
志向，此即典故具託志之作用。於此一類型之典故中，吾人可以發現
詞人之身影與思想。

（三）為託諷

如：

　　長門事，準擬佳期又誤。蛾眉曾有人妒。千金縱買相如賦，

脈脈此情誰訴。君莫舞。君不見、玉環飛燕皆塵土。(辛棄

　　疾　摸魚兒"更能消"一闋)

若礙於當時不便明言，即借典故以指桑罵槐，此典故即載有託諷之事
實，而具隱射之作用，如酈士元曰:「『玉環飛燕皆塵土』暗喻其時操
權者之下場。」(《帶經樓詞話》)

　　以上所言，乃詞中用典故比託隱射所造成之效果。以下則言如何
用典，使能至妙。簡而言之，需先多讀書，以儲備學問，而後依需要
找尋一可烘托當時情景之典故，並復求大力控合之。典故原爲彼人、
彼事、彼地、彼物所曾發生之事迹，如何與詞人當時之人事地物產生
關聯，此全視詞人運用典故之能力。詞中用典最具特色者，當以稼軒
爲聖手，茲舉稼軒詞爲例:

千古江山，英雄無覓，孫仲謀處。舞榭歌臺，風流總被，
雨打風吹去。斜陽草樹，尋常巷陌，人道寄奴曾住。想當
年，金戈鐵馬，氣吞萬里如虎。　　元嘉草草，封狼居胥，
贏得倉皇北顧。四十三年，望中猶記，烽火楊州路。可堪
回首，佛狸祠下，一片神鴉社鼓。憑誰問，廉頗老矣，尚
能飯否。(永遇樂京口北固亭懷古)

題爲「京口北固亭懷古」，選用曾發生於京口之典故，妙在用典能切
合題意。孫權、劉裕曾於歷史戰場上叱吒一時，近人有以爲用二人典
故，旨在諷刺南宋君主之昏蔽。〔註28〕觀稼軒語氣，似無暗射意味。
稼軒僅於前片借典故以比況，如周濟所云:「繼國圖功，前車如此」
(《宋四家詞選》)之感慨。過片「元嘉草草，封狼居胥，贏得倉皇北
顧。」方暗射韓侂胄草率北伐之事。「佛狸祠下，一片神鴉社鼓。」
復借魏武帝之典故，以喻金兵南下。末了「憑誰問，廉頗老矣，尚能
飯否。」又比託稼軒恢復之志。全闋用典，兼及比、託、暗射三作用，
可知稼軒酷愛用典，已至將欲託欲諷之心，全付託典故以代言之地
步。稼軒身影、思想雖不以明敍方式流露，然其自身則藏於暗處，盡

〔註28〕見黃清士所撰〈略論章辛棄疾詞〉一文，載於《文學研究論叢》，莊
　　　嚴出版社。

情差排典故，是爲託志之用之原動力。

　　欲知稼軒如何大力控合典故，可觀其屬辭命意處，亦即觀典故括語外之行文語氣。以〈永遇樂京口北固亭懷古〉爲例，稼軒控舉典故之力，可於「無覓」、「總被」、「想當年」、「望中猶記」、「可堪回首」、「憑誰問」、「尙能」之虛辭上尋覓；從另一角度觀之，此虛辭顯現當時詞人沈鬱頓挫之感情痕迹，典故即於此感情運作下被差排者。由此虛辭，正說明差排典故，欲得其妙，需要氣魄，亦需要身世遭遇；反言之，控合典故，不需將典故概括得極其精妙，以適切詞人情思，虛辭轉折之妙，亦不可忽略。

　　次言稼軒大氣包舉典故之能力，此處以〈賀新郎賦琵琶〉爲例：

　　　鳳尾龍香撥。自開元、霓裳曲罷，幾番風月。最苦潯陽江頭客，畫舸亭亭待發。記出塞、黃雲堆雪，馬上離愁三萬里，望昭陽、宮殿孤鴻沒。絃解語，恨難說。遼陽驛使音塵絕。瑣窗寒、輕攏慢撚，淚珠盈睫。推手含情還却手，一抹梁州哀徹。千古事、雲飛煙滅。賀老定場無消息，想沈香亭北繁華歇。彈到此，爲嗚咽。

除「絃解語，恨難說」、「彈到此，爲嗚咽」，爲稼軒自創之句外，其餘字句，若非運用典故而來，即融前人字句爲用。從「自」、「幾番」、「最苦」、「記」、「望」等字上，可顯見稼軒「我」之控舉力量。而更妙者，過片自「遼陽驛使音塵絕」至「賀老定場無消息」，全隱藏稼軒之面目，使典故自揮自如，結語「彈到此，爲嗚咽。」遂道出眞相。原來此番典故，作者全使之以「彈」之動作出現，稼軒是「彈」此一動作之發動者。而歸根究底，所有典故全收束於「恨難說」上。陳廷焯曰：「此詞運典雖多，卻一片感情，故不嫌堆垛。心中有淚，故筆下無一字不嗚咽。」（《白雨齋詞話》）梁啓超云：「琵琶故事，網羅臚列，亂雜無章，殆如一團野草，惟其大氣足以包舉之，故不粗率，非望人勿學步也。」（《藝蘅館詞選》）其意均謂稼軒臚列典故，最後皆能導向一主旨，如〈賀新郎別茂嘉十二弟〉，運用諸多恨典，全爲「算未

抵、人間離別」此一恨怨出力。

　　以下復談用典之創造能力。《文心雕龍・物色篇》曰：「因方以借巧，即勢以會奇，善於適要，則雖舊稱新。」稼軒用典而意新，即因其有翻陳出新之能力。稼軒無論正說、反說、側說典故，皆能達精湛境界。正說如「君莫舞。君不見、玉環飛燕皆塵土。」側說如「休說鱸魚堪膾，儘西風，季鷹歸未。求田問舍，怕應羞見，劉郎才氣。」反說更顯其功力，如前舉〈摸魚兒〉一闋，用長門事之典故。稼軒屢次上疏，皆遭擱置，能否伸展壯志，全繫於君上用不用人關鍵上，如孝武皇帝不能感悟，陳皇后亦徒有相如一篇佳賦，而典故中之陳皇后卻有其圓滿之結局，如此反說典故，即用典不爲典故所使之故。沈祥龍曾言稼軒用典長處，錄之於下，以爲用典之參考：

> 材富則約以用之，語陳則新以用之，事熟則生以用之，意晦則顯以用之，實處間以虛意，死處參以活語，如禪家轉法華，弗爲法華轉，斯爲善於運用。

　　稼軒用典特長，可啓示吾人用典之道：

（一）典故具備比況、託志、隱射三作用，需善加利用。一詞中若能同時網羅以上三作用，最爲精妙。

（二）選用典故，以能烘托詞人思想者爲善。

（三）臚列典故，需結歸於旨歸中。

（四）虛辭之飛脫、轉折，能使典故靈活。

（五）用典當差排典故，切莫爲典故所使。

三、運用章法之道——離合順逐

　　鋪叙展衍之長調，需運以章法之離合順逆，方能搖曳生姿，而免逼塞滯實之弊。長調於柳永時已興起，然而離合順逆之鈎勒，需至美成方稱當行，其後稼軒、白石、夢窗能得其似；尤以夢窗爲絕倫，能上與清眞相輝映。以下先敍周、吳二人手法，以窺其特色，而後方言章法與寄託之關係。

　　章法之離合順逆，在藥矢口直言之弊，使「層層脫換，筆筆往復處」，〔註29〕均能得見空靈流注。陳廷焯謂美成：「然其妙處，亦不外沈鬱頓挫，頓挫則有姿態，沈鬱則極深厚。既有姿態，又極深厚，詞中三昧，亦盡於此矣。」（《白雨齋詞話》）美成多有許多說不盡、闡不透處，不欲直捷宣泄，〈瑞龍吟〉一闋，即極盡章法之妙：

> 章臺路。還見褪粉梅梢，試花桃樹。愔愔坊陌人家，定巢燕子，歸來舊處。　　黯凝竚。因念箇人癡小，乍窺門戶。侵晨淺約宮黃，障風映袖，盈盈笑語。　　前度劉郎重到，訪鄰尋里，同時歌舞。惟有舊家秋娘，聲價如故。吟箋賦筆，猶記燕臺句。知誰伴、名園露飲，東城閒步。事與孤鴻去。探春盡是，傷離意緒。官柳低金縷。歸騎晚，纖纖池塘飛雨。斷腸院落，一簾風絮。

詞中「章臺路」、「褪粉梅梢，試花桃樹」、「劉郎」、「秋娘」等人、地、物，同時兩見於今昔，然在詞中卻分別以不同時間出現。今日之「章臺路」上，所看見者，似非今日之「褪粉梅梢，試花桃樹」，乃是昔日之物，此意作者並不明言，僅由「還見」兩字勾起，由此點出物是人非之「物是」之感。且於「還見」之刹那，詞人已於同一空間、不同時間上奔馳往來，先是由「章臺露」之今日，拉回至「褪粉梅梢，試花桃樹」之昔日，復轉回「歸來舊處」之今日，從此一思路以觀其敍述法，乃由順逆入，由逆平出之敍述口吻。通常詞中時間之推移，皆由作者轉心以成，或為念、或為記、或為憶，而此處，不必作者道出，乃因心念、或心憶、或心記而有時間之推移，今昔之感全於「黯凝竚」霎時之「還見」上轉換，不說今昔之感由心動而起念，卻說由一「見」而起思，特顯出時間之推移，有如偷天換日，毫無斧痕。從筆姿言，已飛動昇妙，然於詞中，尚未見作者掀起思波。直至「因念箇人癡小，乍窺門戶」，詞中方見作者掀動其思。單視「侵晨淺約宮黃，隨風映袖，盈盈笑語。」猶如一實感之情景，然於「因念」之轉

〔註29〕見周濟評周邦彥〈瑞龍吟〉，《宋四家詞選》。

圜下,實皆頓爲虛,而有白雲蒼狗、海市蜃樓之幻。此詞前闋,主角
並未明現於其中,繼而方始出現。此主角爲今昔兩見之人,此處借典
故而使之出現,曰「前度劉郎重到」,目的在加深主角仍未變之意象。
繼之敍述則在作者步步刻意經營中。秋娘亦今昔兩見之人,却以「舊
家」之方式出現,是欲正面言人事已非,而又故作吞吐口吻。此意欲
落而未落,是以側筆寫「秋娘」而能留也。至此始知「因念」、「猶記」、
「知誰伴」全爲「惟有舊家秋娘,聲價如故」所勾起。從時間之跨越
處言,「章臺路」中之「劉郎」、「秋娘」見存於今昔,亦或可見存於
明日矣,而「章臺路」中之伊人,已不見於今,又何能希冀於來日?
伊人僅能於今日之「因念箇人癡小,乍窺門戶。侵晨淺約宮黃,障風
映袖,盈盈笑語」中懷想而已,然則,「名園露飲,東城閒步」,又盡
爲主角癡心妄想之語。陳洵曰:「又吾所謂能留,則離合順逆皆可隨
意指揮也。」(《海綃說詞》)可謂一語擊中章法離合順逆之法傳。詞
中主角與伊人間物是人非之感,乃通過「秋娘」而生發,而作者又儘
使「秋娘」以「聲價如故」之方式出現,故全闋殷勤致意,全環繞「秋
娘」之主軸而化去。此詞作者思緒馳騁於昔、今、明三時中,然詞人
心移而位不移,主角自始至終,全處於「黯凝竚」之定點上。雖位不
移,然主角眼界已從「章臺路。還見褪粉梅梢,試花桃樹。愔愔坊陌
人家,定巢燕子,歸來舊處」推闊至「官柳低金縷,歸騎晚,纖纖池
塘飛雨。斷腸院落,一簾風絮。」景由近而趨遠,物由小而趨大,詞
人心懷亦因景之推移而稍宕,因曰:「事與孤鴻去,探春盡是,傷離
意緒。」從主角之心路歷程言,此詞本尋劉郎訪尋鄰里,從秋娘處側
知伊人已去後,於章臺路上徘徊致意此一路線發展,然作者乃先躍起
章臺路,此爲一揚,又落入沈思,是又一頓挫沈鬱處。陳廷焯云:「前
後若不相蒙,正是頓挫之妙。」(《白雨齋詞話》)繼曰:「劉郎重到」,
始點出此一事件之登場。「猶記」、「知誰伴」均承上而轉,全篇離合
順逆全攢入「事與孤鴻去。探春盡是,傷離意緒」三句,末又以景結
情。此即周濟所謂「層層脫換,筆筆往復處」。(《宋四家詞選》)

前敘所言詞人創作之心路歷程，每一觸景懷思，皆是爲「事與孤鴻去」之「傷離意緒」而出力，詞中所留之心影，亦即作者處處鈎勒之迹，愈鈎勒，愈見情感之濃摯，全視思筆之離合順逆。故長調中有乍視字句似不連、時空似不貫、或敘述似本末倒置者，若能找出一主題，則斷片之字句可連、不貫之時空可串、本末到置之敘述可得清晰之條理。換言之，離合順逆皆欲扣緊能留之主旨而飛盪神妙。此飛盪之妙有不留於筆迹而全視心轉自如者，亦即所謂空中翻縱法，夢窗最擅此法。茲舉夢窗〈霜花腴重陽前一日汎石湖〉爲例：

> 翠微路窄，醉晚風、憑誰爲整欹冠。霜飽花腴，燭消人瘦，秋光作也都難。病懷強寬。恨雁聲、偏落歌前。記年時、舊宿淒涼，暮煙秋雨野橋寒。　　妝靨鬢英爭豔，度清商一曲，暗墜金蟬。芳節多陰，蘭情稀會，晴暉稱拂吟牋。更移畫船。引佩環、邀下嬋娟。算明朝，未了重陽，紫萸應耐看。

陳洵評爲：

> 此汎石湖作，非身在翠微也。次句乃翻杜子美宴藍田莊詩意，言若翠微路窄，則誰爲整冠乎？翻騰而起，擲筆空際，使人驚絕。三四五座中景，如此一落，非具絕大神力不能。起句如神龍天矯，奇采盤空，至此則雲收霧斂，曠然開朗矣。病懷強寬，領起恨雁聲，偏落歌前轉身，才寬又恨，才恨便記，以提爲煞，漢魏六朝文往往遇之，今復得之吳詞。換頭三句，遙接歌前，與年時相顧，正見哀樂無端。芳節二句用反筆作脫，則晴暉句加倍有力。多陰映暮煙疏雨，稀會映舊宿淒涼。夾敘夾議，潛氣內轉。移船就月，再跌進一步，筆力酣暢極矣，收合有不盡之意。上文奇筆疊起，去路卻極坦夷，豈非神境？霜花腴名集，想見覺翁得意。於空際作奇重之筆，此詣讓覺翁獨步。(《海綃説詞》)

章法之離合順逆，需建立於能「留」之上，如何致「留」於高妙境界，大多將思筆建立於「對比」之折衝上，而造成欲落未落之感。所出現之對比，大多以折衝今昔時空爲主，以造成物是人非之感，其他陪襯之對比，則有顏色之對比，其中以夢窗詞紅綠之對比，最富象徵意味。

章法之離合順逆，可有如下諸法：

（一）側　筆

如周邦彥〈瑞龍吟〉之「同時歌舞。惟有舊家秋娘，聲價如故。」

（二）脫　筆

如周邦彥〈蘭陵王柳〉之「黎花榆火催寒食」，脫開上三句「閒尋舊蹤迹。又酒趁哀絃，燈照離席」

（三）複　筆

如周邦彥〈蘭陵王柳〉之「春無極」，以應上「催寒食」。

（四）逆　提

如陳洵說稼軒〈水龍吟登建康賞心亭〉：「起句破空而來，『秋無際』從『水隨天去』中見；『玉簪螺髻』之『獻愁供恨』，從遠目中見；『江南游子』，從『斷腸落日』中見；純用倒捲之筆。」（海綃說詞）

（五）轉　筆

如周邦彥大酺之「怎奈向」三字，陳洵曰：「復以『怎奈向』三字鉤轉，將上闋所有情事總納入『傷心目』三字中。」（《海綃說詞》）

（六）跌　筆

如吳文英〈霜花腴重陽前一日汎石湖〉：「芳節多陰，蘭情稀會，晴暉稱拂吟箋。更移畫船，引佩環，邀下嬋娟。」陳洵曰：「移船就月，再跌進一步。」（《海綃說詞》）

（七）層趕而下之筆

如周邦彥〈瑣窗寒寒食〉，陳洵曰：「由戶而庭，由昏而夜，一步一境，總趨歸『故人翦燭』一句。」（《海綃說詞》）

（八）透過一層之筆

如吳文英〈齊天樂〉，楊鐵夫曰：「『澹月鞦韆，幽香巷陌』不從

去字轉下，乃從去後描寫，是透過一層鈎勒亦渾厚。」（楊鐵夫
《改正夢窗詞選箋釋》）

　　章法之離合順逆，無如用典、詠物可直接託寓人事，然有助於揮
灑寄託之筆，亦可致寄託之思達沖澹遠穆之效果。稼軒詞乃寄託詞中
託諷意味最深者，詞中託諷能免往外發散而無法收留，即在用典之上
能輔以章法之離合順逆，陳洵嘗曰：「詞筆莫妙於留，蓋留則不盡而
有餘味，離合順逆，皆可隨意指揮，而沈深渾厚，皆由此得，雖以稼
軒之縱橫，而不流於悍疾，則能留故也。」（《海綃說詞》）茲舉稼軒
〈賀新郎別茂嘉十二弟〉為說，首先以「聽鵜鴂」提起，「更那堪、杜鵑
聲住，杜鵑聲切」三句跌落一層。「啼到春歸無尋處，苦恨芳菲都歇」，
鈎轉而沈鬱。「算未抵、人間離別」，乃墊踏前句而來，而以倒筆佈戾。
以下用典皆在複映「人間離別」。「啼鳥還知如許恨，料不啼清淚長啼
血」與前片「綠樹聽鵜鴂」相照應，末「誰共我，醉明月」以景情宕
開。全闋可謂抱身圓轉，稼軒之恨即包蘊於其中，陳廷焯曰：「沈鬱
蒼涼，跳躍動盪，古今無此筆力。」（《白雨齋詞話》）王國維則曰：「章
法絕妙，語語有境界。」（《人間詞話》）章法之離合順逆，果真能致
寄託思筆於沈鬱、頓挫之境。

四、運用詠物之道──託寓人事

　　詠物即是以物為媒介，而產生物、人、事三者互依互存之關係。
詞中詠物，初期如周邦彥〈蘭陵王柳〉、〈花犯梅花〉，如歐陽修〈少年
游草〉，皆賦物以寄情，名為詠物，而意不在詠物，僅蘇軾〈卜算子雁〉
能情景交融，可謂已「將自身放頓在裏面」。〔註30〕至南宋詠物詞作，
亦有如史達祖〈雙雙燕〉，「不寫形而寫神，不取事而取意，白描高手。」
〔註31〕然苦其義無情少。詠物得其形固未佳，詠物全止於詠物之神性，
亦不得頻作。至南宋寄託興起，詠物詞遂進入另一境界，蔣敦復云：

〔註30〕見清人李重華之《貞一齋詩說》。
〔註31〕見卓人月《詞統》。

詞于原詩，雖小小詠物，亦貴得風人之旨。唐、五代、北
宋人詞不甚詠物，南渡諸公有之，皆有寄託。白石石湖詠
梅，暗指南北議和事，及碧山、草窗、玉潛、仁近諸遺民
樂府補遺，龍涎香、白蓮、蓴、蟹、蟬諸詠，皆寓其家國
無窮之感，非區區賦物而已。(《芬陀利室詞話》)

　　南宋詞人遭時傷感，其心微苦，酒邊花下，小小詠物，往往賦情
獨深，故詞中身世之感特別濃烈。詞人心志微苦，近則憂身憂家，遠
則感歎興衰，故託情時，又往往有時事隱露於其中。茲舉姜夔〈疏影〉
一闋，以明詞中人、事、物互爲依存之關係：

苔枝綴玉。有翠禽小小，枝上同宿。客裏相逢，籬角黃昏，
無言自倚修竹。昭君不慣胡沙遠，但暗憶、江南江北。想
佩環、月夜歸來，化作此花幽獨。　　猶記深宮舊事，那
人正睡裏，飛近蛾綠。莫似春風，不管盈盈，早與安排金
屋。還叫一片隨波去，又卻怨、玉龍哀曲。等恁時，重覓
幽香，已入小窗橫幅。

昭君魂繞南北二地，即昭君思憶漢皇之意。作者用典，雖不必定有惠
言「以二帝之憤發之」(《詞選》)之憤意，而由昭君思憶漢皇，必可
聯想作者亦有思憶徽、欽二帝之意。由思憶漢皇至思憶徽、欽，聯想
似未止歇，蓋「江南江北」一句，語義曖昧，此意於昭君典故中，有
和親出塞之意，故由思憶徽、欽，亦可令人轉觸他事，此即前引蔣敦
復語中之「白石石湖詠梅，暗指南北議和事。」作者是否有此比興意？
近人劉永濟據《南燼紀聞》卷下所載，以爲白石「昭君」二句，即本
徽宗北行道中聞笛笛作〈眼兒眉〉，由「夢繞胡沙，向晚不堪回首，
坡頭吹徹梅花」之句而來，〔註32〕且昭君和親出塞、思憶漢皇，與二
帝蒙塵，時人思憶，有極類似處，知作者用典必寓事於其中。作者在
用典下之暗喻，原爲作者熱烈激憤之慨，於詞中經由梅花一物之緩
衝，遂轉爲靜默之心。用典，常較有迹可尋人事，復於其上佈一層物
之迷障，作者滾熱之激憤，即全被收斂、凝聚於物世界之寧謐中，若

〔註32〕引自鄺士元《宋四家詞選箋注》。

有事於其中，亦已爲詞情所掩抑而不彰。故本爲作者所欲親言之事，於詞中視之，似皆由梅花夾帶而起，其目的欲使詞中之事與詞中之人產生較遠之距離。換言之，詞中若有事，絕非作者刻意強調處、刻意暗射處。於此二句，物、人、事之關係，可謂不即不離，神韻牽連。作者之心於瞬間與梅相輻射時，事已不自覺注入其中，故斯人、斯事全包藏於梅花中，此即物、人、事三者互依互存之關係。

物、人、事三者，於一闋詞中所佔比例有何特色？此處仍以白石〈疏影〉爲例。「苔枝綴玉。有翠禽小小，枝上同宿」，此實寫梅之形貌。「籬角黃昏，無言自倚修竹。」「無言」二字，將梅擬人化，乃寫梅之綽約風姿、冰清玉潔。於物言，此六句正面詠物；於人言，又爲作者人格之寫照。下則運用典故。梅與昭君產生聯想，可參唐王建〈塞上詠梅〉詩：「天山路邊一株梅，年年花發雲下。昭君已沒漢使回，前後征人誰繫馬。」前六句爲寫眞實之梅，此處四句乃寫人格化之梅。「昭君不慣胡沙遠，但暗憶、江南江北。」於眞梅而言，此處雖非直寫眞梅，然已於眞梅之旁醞釀、織造幽怨之氣氛，詠梅之餘韻，可於此中體會；於人言，作者因梅花旁襯之幽怨氣氛，更能襯托其心之哀苦。「想佩環、月夜歸來，化作此花幽獨。」此二句乃融杜甫詩：「畫圖省識春風面，環佩空歸月夜魂」而來；於物言，又爲詠物添增韻致；於人言，象自身心志之微若。過片「猶記深宮舊事，那人正睡裏，飛近蛾綠。」用宋書壽陽公主梅飄其額之說；於物言，詠梅增添風流韻事；於事言，即「喻昔時太平沈酣之狀」。〔註33〕「莫似春風，不管盈盈，早與安排金屋。」復從扣住人以言，更是「申護花之情，即以申愛君之情」〔註34〕之意。「還見一片隨波去，又卻怨、玉龍哀曲。」於物言，梅已衰矣；於人言，欲留而不得留，象徵前塵已渺，往事覆水難收。「等恁時，重覓幽香，已入小窗橫幅。」此又收回言梅之幽神。「重覓幽香」，見作者護花之殷切；於事言，似有不可明說之惋惜。從全闋言，通篇首

〔註33〕見唐圭璋《唐宋詞簡釋》，木鐸出版社。
〔註34〕同註33。

尾正面詠梅，僅中間跌落，言人格人化之梅，眞梅、人格化之梅可謂雙挽而並美。詞中人、事均由梅花一物而見端倪，故詠物需扣物而言，以物爲觸媒，而使物、人、事三者協調統一而得平衡感，勿使一方突兀扞格，尤其以物爲觸媒，切勿使物僅爲空殼，疏影一闋，能使暗喻之事隱而不露，即梅花意象特別鮮明之故。物之地位明顯化，乃詠物之先決條件，蓋詞「文小」、「質輕」、「徑狹」、「境隱」，〔註35〕本適合詠小小微物，以織造詞中隱美之神秘氣氛。

　　詠物需妥善經營以物託寓人事之道，詩中有所謂以「人事世法勘入」〔註36〕、以「一物之情而關乎忠孝之旨」〔註37〕之說，詞中詠物亦大抵若是，如沈祥龍云：「詠物之作，在借物以寓性情，凡身世之感，君國之憂，隱然蘊於其內，斯寄託遙深，非沾沾焉詠一物矣。」（《論詞隨筆》）此外，又需賦予此物觸特之生命。如何能致此妙？即採暗喻與象徵和揉之道。暗喻與象徵，無多分野；暗喻者，曲傳之謂；象徵者，暗示也。若有不同，即象徵之語義不必僅有複義重旨，曖昧性方爲其特色，康德（Immanuel Kant）曾云：

> 象徵是一種想像力的表徵，它能引發無數的思想，然而却沒有任何確定的思想（意指概念）足以表達這個象徵。因此，語言既無法與象徵全然相等，也無法使之完全可解。〔註38〕

如〈疏影〉一闋，可視爲作者託意之作，亦可視爲純詠梅之作，又可有事藏寓其中，又如《樂府補題》諸詞，亦是詠物、慨恨、暗射三用並存之作，皆是採取暗喻與象徵如揉之道。南宋詠物詞中，碧山詠物諸詞即採此法而「蹊徑顯然」（譚獻《譚評詞辨》）者，如其〈花犯苦梅〉：

〔註35〕見繆鉞〈論詞〉一文，載於《詩詞散論》一書。
〔註36〕見仇兆鰲《仇注杜詩》中云：「前後詠物諸詩，合作一處讀，始見杜公本領之大，體物之精，命意之遠。說物理物情，即從人事世法勘入，故覺篇篇寓意，含蓄無限。」
〔註37〕見清康熙《佩文齋詠物詩選・序》。
〔註38〕見陳梅英譯《幻想力與想像力》一書，黎明圖書公司。

古嬋娟，蒼鬚素靨，盈盈瞰流水。斷魂十里。歎紺縷飄零，難繫離思。故山歲晚誰堪寄。琅玕聊自倚。謾寄我、綠蓑衝雪，孤舟寒浪裏。　三花兩蕊破蒙茸，依依似有恨，明珠輕委。雲臥穩，藍衣正、護春顦顇。羅浮夢、半蟾挂曉，么鳳冷、山中人乍起。又喚取、玉奴歸去，餘香空翠被。

周濟即云：「賦物能將人、景、情思一齊融入，最是碧山長處，由其心細筆靈，取徑曲，布勢遠故也。」(《宋四家詞選》)碧山所採之道，多先詠起一物，而後因物轉折於眷懷故國之情，故國情事遂淹化於物中，「蹊徑顯然」，即指其託藏人事法有迹可尋。如白石則飄落不定，難於測悉，除其〈疏影〉一闋外，〈暗香〉一首亦是，不正面詠物，而曰：「梅邊吹笛」，乃言梅之側耳，故此首非如〈疏影〉或碧山諸詠物詞以物為主線，乃以人為主線，物為副線，然梅之意象卻於「梅邊吹笛」中鈎勒而見。〈暗香〉集前述所云寄託四大手法而冶為一爐，誠可謂詠物之極品。周濟固未全喜白石詞，而於〈疏影〉、〈暗香〉，則讚曰：「寄意題外、包蘊無窮」，〔註39〕意境佳美誠不為人所棄。

　　詩中詠物，特未如詞中詠物能泯來去蹤跡，此即詞中詠物多作情景之鋪展，如〈疏影〉一闋中，「苔枝綴玉」至「無言自倚修竹」，「昭君不慣胡沙遠」至「化作此花幽獨」，「猶記深宮舊事」至「飛近蛾綠」，「莫似春風」至「又卻玉龍哀曲」，「等恁時」至「已入小窗橫幅」，皆各為一組事件，各事件即寓藏一分義蘊，各組事件又交織無數曲包之義蘊，縱有所指，亦絕無法突破重重氛圍。前節曾言及詩之託諷多帶強烈之現實主義色彩，相較之下，詞中怨悱則多含熾烈之浪漫主義色彩。〔註40〕

〔註39〕見周濟《介存齋論詞雜著》。

〔註40〕此段語義乃由彭毅所撰〈屈原作品中隱喻和象徵的探討〉一文而來，其言云：「象徵是透過一串活動過程來完成的。『過程』展緩擴大了基本意念的呈現，使得原來可能只是簡單的意念變得複雜而豐富，而不致像直敘的方式那麼迫促。……象徵本身因為不是直接訴說現實，所以跟現實之間有很大距離……作者透過這樣的象徵世界，暗示出的意象或情感，就不會給人強烈的壓迫感。雖然我們可以體會

　　若分析一首集四大寄託手法之詞作，可發現觸景興感爲詞之基底，於其上可作典故之比託隱射，而典故復爲章法之離合順逆所曲包，最後復以詠物佈下迷障，寄託手法演變至此，方發揮得淋漓盡致。如〈暗香〉一闋，「舊時月色。算幾番照我，梅邊吹笛。」此即觸景之迹；「翠尊易泣，紅萼無言耿相憶。」此即興感之迹；「何遜而今漸老，都忘却、春風詞筆。」此即用典之迹，全闋以側筆詠梅，過片以「江國。正寂寂」廣袤空間中之幽情，推宕前片「竹外疏花」一隅之慨恨，且「長記曾攜手處，千樹壓、西湖寒碧。」又躍起時空之轉移，此皆章法揮盪照應之妙所致，而一切法全爲詠梅而效力，寄託詞作不必畢集眾法始稱妙，然眾法俱用，又能控合，當然效果最佳。寄託詞境至此，可以清眞〈花犯_{苔梅}〉「空江煙浪」一語，盡傳其妙。

　　　　作者隱藏著熾烈之情，却被這此象徵所造成的距離給沖淡了。」載
　　　於《文學評論》第一集。

第五章　常州詞派寄託說之評價

前　言

　　本章分爲兩節。首節敍常州詞派寄託說之檢討，次節敍常州詞派寄託說之價值。檢討常州詞派寄託說，需持以下客觀之角度：

　　（一）常州詞派寄託，深受宋詞寄託事實之影響，欲檢討寄託理論是否客觀、健全，需援事實以觀，此即理論與事實之交揉。

　　（二）寄託說建設於清，自有其興起時之時代背景，故檢討時，需結合時代背景以言，此即理論與事實之差異。

　　（三）寄託觀念於詞史中曾二度被運用，一發蔚於宋，一提倡於清，基於被運用時不同之態度、目的，而有其差異，檢討時需面照應，此即理論與事實之溝通。

　　經由三角度之檢討，庶幾能有公允論。次節「常州詞派寄託說之價值」，亦分兩部分以言，（一）寄託說對後來詞學之影響。（二）寄託說於詞史上之地位與意義。

第一節　常州詞派寄託說之檢討

一、理論與事實之交揉

　　寄託理論是否客觀，乃指所見是否正確、獨到；寄託理論是否健全，乃指所見能否面面俱到。茲分數點，檢討於後：

（一）從寄託詞作怨悱程度之深淺觀察

寄託事實：

　　詞中寄託事實，依怨悱程度深淺，可分爲狹義之寄託與廣義之寄託。狹義之寄託偏於託意，乃指情感之假類而達。狹義之寄託，以怨悱不亂爲用，包括託興與託諷，是爲有意識（非刻意之意）之寄託。廣義之寄託，偏於寄意，乃指情感之自然投射，雖爲無意識（非眞無之意）之寄託，其詞作則流露出寄託之色彩。此處之廣狹觀非以對立爲說，乃指涵蓋範圍而言，故前述所言廣義之寄託，即指由狹義之寄託所放大者。

寄託理論：

　　常州詞派闡發寄託，並未明顯劃分廣、狹二義，然結合周濟之創作論、出入論、門徑論，及其評北宋詞家語，如「永叔詞只如無意，而沈著在和平中見。」（《介存齋論詞雜著》）可知其寄託觀亦能涵蓋廣、狹觀。然而此重金鍼度人，因狹義式之寄託較易學習，故其詞論多偏重於闡狹義之寄託。

（二）從寄託詞作興起之因素觀察

寄託事實：

　　按之詞中事實，寄託興起之因素包括下列數項：（1）言外之意。（2）怨悱不亂。（3）政治之幽暗。從美學觀言，寄託詞作以隱美爲內用，目的即在沖淡詞中託諷色彩，欲深遠詞中託興意味，使得寄託詞作具撲朔迷離之感。從羣學觀言，寄託詞作以託興、託諷爲外用，實則內積怨於己，其詞心必向內收斂，而非向外發散，總而言之，必以怨悱不亂爲其旨歸。從時代因素言，時代中苟安之社會，提供詞人寄託之環境；時代中之意識感，醞釀詞人寄託之內因；時代中政治之幽暗，促發寄託之興起。

寄託理論：

　　常州詞派並未明言寄託興起之要素，然可於詞論中尋得證據。

　　張惠言倡微言大義，有睹於教化諷諭之言外意，於美學之言外意則視若無睹。周濟能兩美兼蓄，其言云：「少游意在含蓄，如花初胎。」（《宋四家詞選‧序論》）評清眞〈蘇幕遮〉曰：「若有意，若無意，使人神眩。」（《宋四家詞選》）評清眞〈木蘭花〉曰：「態濃意遠」（同上），又評夢窗佳處，如「天光雲影，搖蕩綠波，撫玩無斁，追尋已遠。」（《介存齋詞雜著》）是眞能動心於詞中一唱三歎之妙。又周濟於《宋四家詞選‧序論》後半，謂詞筆之「脫、複」、「離合反正」，韻之「鏗鏘諧暢」，「雙聲叠韻字」之「著意布置」，換頭之「藕斷絲連，或異軍突起」，煞尾之「陥勁」，此皆言其美學觀之迹。

　　張惠言《詞選‧序》之發論、金應珪提出「詞之四始」、張、周二人以託諷評詞，此即其群學觀，常州詞派重視羣學觀，此處無需贅言。至於寄託是如何之，「幽約怨悱」，張惠言僅云：「低徊要眇，以喻其致」，周濟則於評碧山時曰：「無劍拔弩張習氣」（《宋四家詞選‧序論》），比譬均極肖象詞中寄託事實，然未進一步分析，故僅能意會。

　　張惠言《詞選‧序》曰：「以道賢人君子幽約怨悱，不能自言之情」，此亦寓涵寄託與時代之關係，然仍本風騷觀而得。周濟則說得更爲清楚，其《介存齋論詞雜著》詞史之論，即有感於宋詞寄託事實與其所處之時代政治而發，曰：「隨其人之性情、學問、境地，莫不有由衷之言」，「境地」一詞，即寓涵政治幽暗與身世之感。

（三）從寄託詞作之內容觀察

寄託事實：

　　詞中寄託內容，小則爲身世感慨，大則爲家國情懷；或爲羈臣謫客荒野邊地，悢自凝愁之慨；或爲忠臣耿士熱烈鬱勃，噤聲細語之恨；亦有柳畔渡口，思憶姬妾，小兒女之怨，然比之亂離時代中大兒女之情，畢竟僅佔少數。此皆眞性情之語，絕非率爾成篇，無病呻吟之作。

寄託理論：

常州詞派所倡之寄託內容，惠言《詞選‧序》云：「以道賢人君子幽約怨悱，不能自言之情」，雖亦有見於寄託事實，察其語氣，猶未脫離以風騷內容言詞之事實，未若周濟能落實詞中以言，其言云：「感慨所寄，不過盛衰。或綢繆未雨，或太息厝薪，或已溺己饑，或獨清獨醒。……詩有史，詞亦有史。」常州詞派極為重視寄託內容，故樹骨極高。至其云「離別懷思」，寫小兒女之情，不值得推崇，此乃勉人為大，欲人勿專學於此，實則周濟亦有詞「託體近俳，擇言尤雅，是名本色俊語，又不可抹煞」之莊媚之論。周濟又以為「陳陳相因，唾瀋互拾」之「感士不遇」，「便思高揖溫、韋，不亦恥乎！」其實溫庭筠之感士不遇，亦不過言一己之落魄耳。周濟受張惠言之影響，以為後人感士不遇之作，皆無如溫、韋能得騷旨，此即其先入為主之觀念，殊不知後人感士不遇之作，亦有真情流露之語，如蘇軾於黃州定惠院寓居時作〈卜算子〉，如稼軒登建康賞心亭時作〈水龍吟〉，皆為詞中至性之語。至於詞史之論，未知周濟之標準為何？若以敘事之觀點言，詞中幾無詞史也，詞亦可寫史，畢究非詞之當行，貫通其詞史論中之意，有以寄託為詞史之意。周濟生於清代政治型態轉變期中，其內容論似有適應不同時局而作之修正。

（四）從寄託詞作之手法觀察

寄託事實：

前章歸納詞中寄託手法有四：(1)運用景物之道—觸景興感。(2)運用典故之道—比託隱射。(3)運用章法之道—離合順逆。(4)運用詠物之道—託寓人事。詞中運用此四法，互為並用，確實可達窈渺曲包之效果。

寄託理論：

周濟必有見於兩宋詞人運用靈思、銳筆之法，然其詞論則側重於言章法之道，以及一切停勻格調之工夫。謂「學詞先以用心為主」，

而後方得「講片段」、「講離合」、「講色澤」、「講音節」，此皆爲觀念
正確、精闢獨到之言，正可輝映寄託事實中思、筆之道。又其以近乎
心理觀之法闡發創作論、鑑賞論，亦詞論中前無古人者。

　　就以上所敍，大體而論、張惠言詞學觀頗多草創之建樹，然囿於
其學其見，多無法揭寄託說之眞蘊。梁啓超謂一切啓蒙期之特色，在
於「恆駁而不純」﹝註1﹞中，自有生氣淋漓之象，移之以評惠言詞學，
可謂一言中的。

　　經第三章之推衍，得知周濟詞論確實可衍爲一嚴謹之體系，然其
寄託五論多偏重於闡發寄託說之外緣，對於寄託說之內蘊，如前列舉
所顯示，雖亦能面面兼顧寄託事實中之現象，卻說得極籠統、幽微，
而乏概括性之述語。蓋周濟詞論僅作吉光片羽之敍述，即令觸及問
題，亦多點到爲止，此固分析法於當時尙未流行，亦因吾國傳統文評
特色，重示人以學習之法而輕忽體系之建構所致。論精確性，周濟詞
論較張惠言詞學進步，其中雖亦有蒙蔽之見，然多殊到之語，大致上
言，其詞論多與寄託事實中之現象相符。論健全性，周濟詞論較惠言
及當時人更能涵蓋寄託說事項，儘寄託說之內蘊尙未語其精細而已。

二、理論與事實之差異

　　比較寄託理論與寄託事實時，意念間總覺有一殊異，此即宋、清
二代寄託意識觀之差異。茲將差異敍之於此：

　　（一）對於宋人言，「寄託」僅爲一心理意識，而常州詞家卻將
之由空中之音，相中之色之抽象義，一變而爲可落言詮之術語。

　　「寄託」由心內之活動，變爲心外之名詞，其概念遂時刻盤旋於
詞人腦際。常州詞家創作時想及寄託二字，示人學詞法門時亦想及寄
託二字。因寄託一詞之印象化、突顯化，原本應屬毫無刻露動機之創
作、鑑賞活動，反成爲下意識、目的性之活動，如周濟曰：「夫詞非

﹝註1﹞見梁啓超所著《中國近三百年學術史》中之「清代學術變遷與政治
　　　的影響」。

寄託不入」，即易導人以有爲之心求寄託，雖周濟於此句後補言曰：「專寄託不出」，企圖泯其寄託之言筌，然學習者深中此說已久，已落入言筌陷阱中。若能跳脫刻露動機之心理，雖有寄託亦無害其成就。若無法跳脫之，則有寄託反成下義。故學習者總於一番疑惑後，方恍然大悟寄託亦儘爲特別標舉之名目，此即寄託之印象化、突顯化反攪亂學習者正常之心理活動。

　　（二）由寄託事實顯示，詞中之寄託並非諱莫如深，常州詞家言寄託，則予人晦澀難解之感。

　　言寄託過於艱深理奧，若從創作言，易導人一味以筆藏情，觀常州詞家詞作，即有此現象，如惠言〈木蘭花慢游絲同舍弟翰風作〉，滿紙盡爲「春魂」、「東風」、「殘紅」、「燕子」所交織之語，情思藏於中，顯得極其幽眇。若從鑑賞言，前人詞作經常州詞家評註後，多數均爲深文所周納，此皆肇因於寄託之晦澀化。

　　針對常州詞派寄託之印象化、晦澀化，前人已有譏評。以下試圖尋得致此現象之因素，而後方作論斷。

　　寄託印象化，乃有其背後因由，比較宋、清二代寄託觀念興起之背景、目的，即可明此現象。第四章所云寄託興起之因素，言外之意之美學觀與怨悱不亂之羣學觀，皆爲詞體之質性，且二者皆有前承，因而寄託之興起，乃於詩體影響詞體，詞體由北宋入趨南宋之流變過程中，適時因政治因素而興起者。政治之幽暗促發寄託之興起，是爲內因，非爲外因，蓋詞演至南宋，遭時而變，不得不興起寄託，寄託可謂順應當時潮流之趨勢。常州詞派興起寄託意識，固與政治之幽暗有關，然除政治此內因外，尚有其外因，此外因即尊崇詞體。第一章曾敍常州詞派乃在救拯詞弊觀念上以言寄託，常州詞派因欲規範「放浪腐朽」之詞弊，遂突兀闡揚寄託之重要，寄託因而明顯化、印象化。

　　至於寄託觀念之晦澀化，亦有背後因由，茲分三點以討論：

（一）異族統治下之不平衡心理使然

宋詞中之寄託所攸關之政治，乃以漢治漢之政治，常州詞派興起背景中之政治，乃異族統治下之政治。雖南宋後遭亡國，亦遭異族統治，然與清朝壓抑政權相較，猶在清之下。趙翼《二十二史劄記》曾對漢朝上書多無忌諱，極爲嘆賞，言下之意，對時代愈晚而諫諍愈微，頗深慨之。〔註2〕因強烈之民族意識，敢恨不敢明言之遺民心理，故濃烈寄託之晦澀色彩。又宋人之寄託，乃與國家民族情懷相結合，而統露出河山故國，黍離麥秀之悲，亦因此沖淡寄託之託諷意味，而常州詞派興起當時，故國情懷時空氛圍離此輩已遠，故無法因家國情懷而淡化寄託之晦澀度。

（二）受易學附會人事之影響

惠言精通《虞氏易》，慣以人事解釋易象，寄託觀念之晦澀，與其易學之見有莫大之關聯。

（三）清初復古風氣之影響

有清學術風氣在導一切文學溯迴入母體，惠言導詞入風騷，即受此學術風氣影響，其評註《詞選》，與漢人解經方式相似，惠言爲一經學家，故又不能免於其家學之影響。

針對上述寄託之印象化、晦澀化，前人評論中以謝章鋌最爲客觀，謝氏於張惠言《詞選・跋》云：

> 昔竹垞撰《詞綜》，以雅爲宗，讀《詞綜》則詞不入於俚，讀皋文此選則詞不入於淺，且使天下不敢輕易言詞，而用心精求六義，皋文之有功於詞，豈不偉哉！然而杜少陵雖不忘君國，韓冬郎雖乃心唐室，而必謂其詩字字有隱衷，語語有微辭，辨議紛然，亦未免強作解事。若必以此法求之於詞，則夫酒場歌板，流連景光，保無即事之篇，漫興之作，而不必與之莊論孝乎？皋文將引詞家而近於古，其立言自不得不爾，學者當觀其通焉……。《賭棋山莊文集》卷二）

〔註 2〕見趙翼《二十二史劄記》中「上書無忌諱」條。

此段語意可以如此解說,「使天下不敢輕易言詞」一句,換言之,即謂寄託具規範詞弊之使命感。「用心精求六義……強作解事。」即謂因規範詞弊,而刻意造成寄託之印象化、晦澀化,以致影響鑑賞觀之意。「皋文將引詞家近於古……學者當觀其通焉。」意即基於尊體之需要,使得寄託過於印象化、晦澀化,或與事實中之寄託有所出入,然亦當時背景所促,不得不如此立言之意。謝氏又於《賭棋山莊詞話》曰:「故皋文之說,不可棄亦不可泥也。」謝氏有此評論,即因其能結合常州詞派與起之背景、目的以言。

又結合當時詞壇情況以言,促使寄託印象化,正有其迫切之需要。詞體演變至清,雖曰復興,實已屆尾聲,再也無法如興盛期時發蔚創造,故需於末尾聲中作瞑眩之發論,否則不待新舊文體交界期之來臨,詞恐已於浙派衰歇後,即加速銷聲匿迹之腳步。天才型者或以為掛口言寄託,乃庸人自擾之事,對於非天才型者言,寄託亦不失為學詞入門之良法,然切不可誤入魔道。故吾人評價此觀點時,絕不可因噎廢食。從大處言,以上所述之現象,均可視為一種文學運動。凡一落入某一運動而論,論評者當觀其現象背後之因緣,而非僅觀其現象表層而已。

對於寄託之晦澀化,因受制於異族統治下之隱忍心理,故無法呈現較明朗之色彩,檢討時亦不得苛責之,然如惠言食古不化,以微言大義鑄前人之詞,自當接受嚴厲之抨擊。惠言鑑賞觀縱然有所瑕疵,並非意謂周濟之鑑賞觀亦一無是處,蓋周濟「仁者見仁,知者見知」之鑑賞觀,較惠言「膠柱鼓瑟」摳解詞中深義顯然較具彈性(見第三章第二節)。

三、理論與事實之溝通

詞體由北宋入趨南宋此一自然流程,常州詞派皆顛倒時序以言,對此現象,評價者當觀其通。所謂顛倒時序以言,乃指周濟詞論中之:

　　(一)門徑論——以為由南追北,是為倒學。

　　(二)創作論——以為主學南宋之寄託,而輕北宋之本色,是為

悖學。

（三）《宋四家詞選》之編排方式——以爲以周、辛、吳、王四
　　家領袖羣倫，是爲奴學。

綜合以上所述，此三點均與寄託有關，亦均與學習有關，故知常
州詞家看重寄託，乃以學習、鍛鍊爲大前提，反言之，因主學習、鍛
鍊，故以寄託爲法，而前所云寄託之印象化，其目的自然爲突顯此派
主「學」之用意。如此推闡，即欲訴說周濟闡發詞論之動機全爲金鍼
度人之用，其詞論自流露以學習、鍛鍊爲大前提之觀點。事實證明亦
然，周濟詞論體系最健全者即其寄託五論，此寄託五論則爲寄託說之
外緣，且全關係學習一義，而周濟寄託說之內蘊多未建設精密，此正
突顯其重學之迹。重視學習故不主順序之學，不主順序，即是爲學習、
鍛鍊之方便，常州家法之特色即在此。

歷來評價常州詞學者，多未能看清周濟之用意，如玄修（夏敬觀）
於〈況蘷笙蕙風詞話詮評〉中云：「止菴謂問塗碧山，歷夢窗、稼軒，
以還清眞之渾化，乃倒果爲因之說，無是理。」〔註3〕「倒果爲因」，
正爲周濟示人學詞之法寶。任二北於《詞學研究法》一書中，以爲周
濟《宋四家詞選》以周、辛、吳、王爲四家領袖，餘子附尾於後，是
爲「出主入奴」之論，「出主入奴」何妨學習入門一義。

以下針對前述三點，復檢討其中所包含之問題：

（一）學詞不必主順序之學，其因在於北宋詞之高手者，皆屬即
心即理，當下成篇之作，因不易學，故常州詞派轉由南宋入手。南宋
寄託詞較易學習之因，在於有轍可尋，在於中正纏綿。學詞不必定主
南宋，然南宋寄託詞作，於清初詞體疲弊下，更具意義，尤其看重寄
託詞作之內容，目的即欲以此尊崇詞體。其次對於由南追北，何以取
周、辛、吳、王四家，大致上言，常州詞家亦頗有見地，然不取張炎
猶可說，不取姜夔，似無法理明，蓋稼軒後，詞莫不宗尚白石。白石

〔註3〕載於《同聲月刊》第二卷第二號。

詞情思幽邈，清空騷雅，藝術性極高，周濟評爲「情淺」、「局促」，自是受家法之影響，雖如此，周濟亦頗賞白石〈暗香〉、〈疏影〉二闋。其不取白石，實因浙派宗白石，而常州詞派爲劃清其與浙派之界限，故立言自不得不耳，取捨亦不得不耳。

（二）常州詞派頗尊北宋、不從北宋勘入，反從南宋入手，可知願將「金鍼度與人」之對象，絕非天才型之詞家。歷來詞家主學，未有如常州詞家代後學設想周到者，蓋此派能照顧詞人資質之高下，能導人循序漸近入佳境。天分高者，一步登天，中下資質者，按步就班，常州詞家實有勉人爲學有恆，無論資質高下，皆能終底於成之意，故其法亦無人能追步。

第二節　常州詞派寄託說之價值

一、寄託說對後來詞學之影響

經由前三處之檢討，可知常州詞派寄託說功大於過，故能永垂不朽，歷久長青，事實亦證明自此派興後，至詞學式微而止，清代詞壇之風氣皆籠罩於此派家法中。寄託說對後來詞學之影響，可分下列兩點以明之：

（一）後人填詞，無不直接、間接接受常州詞派之影響

自常州詞派興起後，《花間》、《草堂》餘緒雖亦有人作之，然已非主流，蓋詞人受此派學說影響，已漸恥爲。又自此派興起，詞壇方盡掃浙派宗姜、張之風氣，張曜孫云：「常州詞人自先世父、先父詞選出而詞格爲之一變，故嘉慶以後詞家與雍乾間判若兩途也。」〔註4〕所謂「判若兩途」，即譚獻所云：「近時頗有人講南唐北宋，清眞、夢窗、中仙之緒既昌，玉田、石帚漸爲已陳之芻狗。」〔註5〕譚獻評註

〔註4〕見繆荃孫所編《國朝常州詞錄》中湯成烈詞錄前。按：先世父，指
　　　　張惠言；先父，指張琦。
〔註5〕見徐珂所編之《復堂詞話》。

周濟《詞辨》，輝映周氏詞學宗旨，又撰《篋中詞》，以廣常州詞學，對於常州詞派家法之流傳，多有贊助、推動之功，故敍此派對後來詞學之影響時，不可抹煞譚氏之功勞，葉公綽即云：「仲修先生，承常州派之緒，力尊詞體，上溯風騷，詞之門庭，緣是益廓，遂開近三十年之風尚，論清詞者，當在不祧之列。」（《廣篋中詞》）

同治、光緒時之詞人，莫不宗尚北宋，然亦不排斥主由南宋入手之門徑，此即深受周濟詞學之影響，如莊棫自序《中白詞》曰：「向從北宋溯五代十國，今復下求南宋得失離合之故。」如朱祖謀序《半塘定稿》時即云：「君詞導源碧山，復歷稼軒、夢窗，以還清真之渾化，與周止庵氏說契若針芥。」又如陳洵《海綃說詞》有「周、吳為師，餘子為友」之說，亦不過言變通之道，直至王國維，方頗不以學南宋為然。常州詞派主由南宋入門之好處與意義，前節已申述，王氏不主南宋，當是過尊北宋所致。常州家法流風披靡，正自緜遠流長！

周濟主張「性靈」、「學問」、「境地」三者兼備，又曰：「感慨所寄，不過盛衰。……詩有史，詞亦有史，庶乎自樹一幟矣。」後人創作均受此論指導，是以字句皆非刻意雕琢，詞思皆流露性靈，詞景亦非「即事作景」，吟其詞，雖不若宋人能沈鬱頓挫，然夾寓神傷哀苦，殆亦譚獻所謂「柔厚」〔註6〕也，較之常州詞派之前，詞人一味驅鳥獸，拈花草，矯揉造作情景，已呈現不同之新貌。加以清末國勢陵夷，詞人感時怨喟，故能跳脫一己之綺情，而與當時社會觀感同慨歎，不獨慨歎身世之感而已，是以詞中多關懷社會，懷抱大志之語，此如況夔笙辛亥所作，多「撫事感時，無一字無寄託，蓋詞史也。」〔註7〕如鄭文焯身遭國變，「幽憂哀憤，西臺痛哭，盡託於詞，〔註8〕又如張爾田「遘世蹇屯，益勵士節，勤撰述。其寓思於詞也，時一傾吐肝肺芳馨，微吟斗室間，叩於窈冥，訴於真宰。心癯而文茂，旨隱而義正。」

〔註6〕同註5。
〔註7〕見趙尊嶽跋《蕙風詞》，引自《清名家詞》。
〔註8〕見康有為所撰〈清詞人鄭大鶴先生墓表〉。

〔註9〕對此現象，蔣兆蘭《詞說》曾云：「清季詞家，蔚然稱盛，大抵宗二張、止庵之說，又竭畢生心力爲之。本立言之義，比風雅之旨，直欲突過清初，抗衡兩宋。」

（二）後來詞學理論，多直接、間接受常州詞學之影響

常州詞學對後來之詞話、詞論，亦都發揮指導之作用。如鄧廷楨《雙硯齋詞話》曰：「（史達祖）大抵寫怨銅駝，寫懷蠹幕，非止流連光景，浪作豔歌。」歷來詞家多以爲梅溪詞意格不高，鄧氏如此抬舉之，想必已得周濟「仁者見仁，知者見知」之鑑賞觀，故能受用若此。如宋翔鳳《樂府餘論》，流露其對南宋詞之偏好，曰：「南宋詞人繫情舊京，凡言歸路，言家山，言故國，皆恨中原隔絕。」以此角度言南宋詞，正與常州詞學旨歸相同。如丁紹儀《聽秋聲館詞話》中，有段頗受注意之辭：「自來詩家，或主性靈，或矜才學，或講格調，往往是丹非素，詞則三者缺一不可。」所言亦自周濟所標舉之「性情」、「學問」、「境地」中演變而來。又如莊棫敘《復堂詞》所云：「夫義可相附，義即不深；喻可專指，喻即不廣。」亦從周濟「專寄託不出」一語轉來。僅舉此一斑，即可見此派學說之影響力。

眾多詞論中，以陳廷焯《白雨齋詞話》受張惠言之影響最深，陳氏自序《白雨齋詞話》曰：「張氏《詞選》，不得已爲矯枉過正之舉，規摸雖隘，門牆自高，循是以尋，墜緒未遠。」頗有欲拓常州門庭之意，然因深中皋文說，〔註10〕有時亦不免於刻舟求劍，然其詞論特重「沈鬱」、「頓挫」，〔註11〕實能搗常州詞學之眞傳。

除陳廷焯外，況周頤《蕙風詞話》亦頗接受常州詞學之影響，然而況氏不墨守成說，而能直探此派學說之神髓。況氏取法於常州

〔註 9〕見夏敬觀《遯菴樂府・序》。
〔註10〕可參《白雨齋詞話》卷一評飛卿詞，又卷二載陳氏對主張讀碧山詞「不宜附會穿鑿」者，以爲此乃「老生常談」，曰：「彼方自謂識超，吾眞笑其未解。」看來，陳氏乃直承皋文之法傳。
〔註11〕見《白雨齋詞話》卷一。

詞學者，即「性靈」之用，故其詞論多勉人重氣格，〔註12〕其評歷
代詞作，亦多以能道眞性情語者爲佳妙。關於況氏詞學，於第三章
第三節已稍述及，故此處不多述。況氏取法常州詞學，而又能自闢
新義，即因其能將此派以怨排不亂爲主之寄託，復向上開出海闊天
空之境，此即「即性靈即寄託」之説，周濟非無此意，然而前修未
密，必亦待況氏後出轉精。況氏此旨實從常州詞學點染而來，蓋眞
性情之語，亦非一味率眞，必有「重」、「拙」、「大」〔註13〕於其內，
而「重」、「拙」、「大」之説，雖得自半塘老人，〔註14〕實則半塘老
人亦得自常州詞學。

　　晚清詞家中，謝章鋌自謂精於言性情，曰：「當於性中求情之用」，
〔註15〕意即欲人不可剝離性外以言情，故謝氏頗衷愛常州寄託説之立
意，《賭棋山莊詞話》卷二云：「五倫非情不親，情之用大矣！世徒以
兒女之私當之，誤矣！然君父之前，語有體裁，親情者要必自兒女之
私始。」此「情之用大矣」之觀念，正自常州詞學而來。詞話卷四又
曰：「情語則熱血所鍾，纏綿悱惻。」亦即有寄託方有眞性情之意，
故勉人「作情語，勿作綺語。」其性情説之內裏亦即寄託説，謝氏所
看重者，並非託興君國之寄託，而是眞性靈之寄託。此外，謝氏亦有
詞史之論，然不必鑿説必受周濟之影響，蓋當時時局風雲詭譎，其詞
史論調亦因此順應時局而興。

　　此外，如陳洵《海綃説詞》，喜以章法之離合順逆賞析詞作；如
朱祖謀選宋詞三百首，乃以「渾成」〔註16〕爲歸；又如文廷式、鄭文

〔註12〕見況周頤《蕙風詞話》卷一曰：「重者，沈著之謂。在氣格，不在字句。」
〔註13〕見況周頤《蕙風詞話》卷一曰：「作詞有三要，曰重、拙、大。南渡
　　　　諸賢不可及處在是。」
〔註14〕見況周頤《蕙風詞話》卷一曰：「半塘云：『宋人拙處不可及，國初
　　　　諸老拙處亦不可及。』」。
〔註15〕此語乃謝氏針對江秋珊（順詒）《願爲明鏡室詞稿・自序》中「余性剛
　　　　而詞貴柔……學詞冀以移我性也」數語而發，見《賭棋山莊詞話續編》
　　　　卷三引。
〔註16〕見況周頤序朱祖謀《宋詞三百首》，唐圭璋《宋詞三百首箋注》引。

焯、張爾田之詞學觀,亦多靠近常州詞學而言,此皆直接或間接耳濡目染此派成説者。

至如王國維《人間詞話》一書,雖看不出其接受此派影響之迹象,然王氏頗推崇周濟詞論,可信亦有若干察見不出之影響在。最後談吳梅《詞學通論》一書,其詞學觀大多融前人之説以爲己用。吳梅以爲詠物詞最需寄託,因而謂「惟有寄託,則詞不泛設。」此説於第三章第二節創作論中已言及,故此處不擬重述。

總之,此派所影響者,非僅止於如上所論,然舉此晚清數家詞論,及當時詞壇之風氣與勢,即知常州詞派流風廣披,其影響直至民初詞學式微而止。雖詞道已漸衰頹,然常州寄託説似猶未止歇其影響力,今日談詞者,莫不以常州詞論爲階梯。又寄託説之用途,非僅限於詞耳,蓋周濟闡微思、筆之道,乃本創作心理觀以發,任一文體,作者創作時之思、筆歷程莫不似此,故寄託説除可入於詞中以觀,亦可出之以爲其他文體之參考,此又寄託説於詞學以外之影響,譚獻有語云:「以有寄託入,以無寄託出,千古辭章之能事盡,豈獨塡詞爲然。」〔註17〕始知前人已有此見,常州詞學之影響無遠弗屆。

二、寄託説於詞史上之地位與意義

若置寄託説於詞史中以觀,更能發現其地位與意義,茲下列數點以言:

(一)因常州詞派寄託説,而彰顯出寄託詞作在詞史中之價值。寄託詞作之價值,從內容言,即尼采所謂「一切文學,余愛以血書者」也;從手法言,非「據事直書」,多半「包蘊無窮」,故堪稱爲幽約蘊藉之作;從託興觀點言,具心用之功能,故能澆胸中之塊壘;從羣學觀點言,又具世用之功能,因具世用又能尊體,故寄託詞作能屹立不搖於詞史上,而爲後人學習之楷模。寄託詞作同樣具備與寄託詩作相同的表達功能,只是藝術表現有所不同,因常州詞派闡發寄託説之理

〔註17〕同註5。

論，更加昭明詞中蘊蓄寄託之事實，詞道亦因此可與於著作之林。

（二）因常州詞家推闡寄託說，故提供後人探討詞學眞象之法門。談詞之觀點極多，有以詞風之婉約或豪放而言者；有以劃分時代而言者，此皆窺詞之表象而已。「寄託」一義，原即本心理觀點而言，以此窺詞，所見當非詞作之皮相，乃能鞭辟入詞作之裏，而與作者之意沆瀣一氣。故學豪放或婉約，若不能配合寄託說，而躍動性靈之學，亦僅學粗豪，學豔情而已〔註18〕

（三）常州詞派之興起，可謂詞史中之迴光反照期，因有寄託說，乃使舊文學中之詞體有一光榮之結束。

（四）常州詞派其興也必然，此派開展詞學觀實具水到渠成的歷史意義。浙派之後出現常州詞派，猶文之有六朝而後有唐宋，此乃詞體窮極則變之自然定律，如水之趨注，不可遏抑，故常州詞派其興也必然，於詞史上終必留下一席地位。

〔註18〕張季易《清代毗陵名人小傳稿》卷五〈陸繼輅小傳〉中，假作者之口而宣陸氏之語曰：「始學詞，疑世所稱學蘇辛、秦柳者之不類，質之張惠言，惠言曰：『善哉！予之疑也，詞固無所謂蘇辛、秦柳也，自分蘇辛、秦柳爲界，而詞學衰。』」未知此語可信度如何？然常州詞派確實有不劃分豪、婉二派，而以「寄託」統合之意。

參考書目

一、詞曲書類

1. 《全宋詞》，唐圭璋編，文光出版社。
2. 《花間集》，趙崇祚編，蕭繼宗評點校正，學生書局。
3. 《清眞集》，周邦彥撰，木鐸出版社。
4. 《樂府雅詞》，曾慥編，《四部叢刊》本。
5. 《宋六十名家詞》，毛晉編，《四部備要》本。
6. 《唐宋元明百家詞》，吳訥編，廣文書局。
7. 《宋六十一家詞選》，馮煦選，文化圖書公司。
8. 《唐宋名家詞選》，龍沐勛編，河洛出版社。
9. 《近三百年來名家詞選》，龍沐勛編，世界書局。
10. 《詞綜》，朱彝尊編，世界書局。
11. 《絕妙好詞箋》，周密選，厲鶚箋，查爲仁箋，《四部備要》本。
12. 《詞選續詞選箋注》，張惠言選，董子遠選，姜亮夫箋注，廣文書局。
13. 《詞選續詞選校讀》，李次九編，復興書局。
14. 《宋四家詞選》，周濟編，廣文書局景印湝喜齋刊本。
15. 《宋四家詞選箋注》，鄺利安箋注，中華書局。
16. 《譚評詞辨》，周濟編，廣文書局景印湝喜齋刊本。
17. 《篋中詞》，譚獻編，鼎文書局。
18. 《廣篋中詞》，葉遐庵編，鼎文書局。
19. 《國朝常州詞錄》，繆荃蓀編，雲自在龕刊行本。

20. 《清名家詞》，陳乃乾輯，香港太平書局。

21. 《藝衡館詞選》，梁令嫻選，中華書局。

22. 《詞曲史》，王易撰，廣文書局。

23. 《詞史》，劉子庚撰，學生書局。

24. 《宋詞通論》，薛礪若撰，開明書店。

25. 《清代詞學概論》，徐珂撰，廣文書局。

26. 《論清詞》，賀光中撰，星加坡東方學會出版社。

27. 《清詞金荃》，汪中撰，文史哲出版社。

28. 《中國詩詞演進史》，嵇哲撰，莊嚴出版社。

29. 《中國韻文史》，龍沐勛撰，普天出版社。

30. 《詩詞散論》，繆鉞撰，開明書店。

31. 《詞學通論》，吳梅撰，商務印書館。

32. 《詞論》，劉永濟撰，龍田出版社。

33. 《詩詞曲欣賞及作法研究》，王易撰。

34. 《宋四大家詞研究》，姜尚賢撰，著者印行。

35. 《宋詞緒》，馮平編，中華書局。

36. 《讀詞偶得》，俞平伯撰，開明書店。

37. 《景午叢編》，鄭騫撰，中華書局。

38. 《詞林紀事》，張宗橚輯，木鐸出版社。

39. 《詞學研究法》，任二北撰，商務印書館。

40. 《詞籍考》，饒宗頤撰，香港大學出版社。

41. 《稼軒詞編年箋注》，鄧廣銘箋注，華正書局。

42. 《稼軒詞研究》，陳滿銘撰，文津出版社。

43. 《宋詞三百首箋注》，唐圭璋箋注，中華書局。

44. 《唐宋詞簡釋》，唐圭璋撰，木鐸出版社。

45. 《迦陵論詞叢稿》，葉嘉瑩撰，明文出版社。

46. 《常州派詞學研究》，吳宏一撰，嘉新文化基金會叢書。

47. 《樂府補題研究及箋注》，黃兆顯箋注，杜若書堂叢稿第三種。

48. 《夢窗詞箋》，黃少甫箋，嘉新文化基金會叢書。

49. 《夢窗詞全集箋釋》，楊鐵夫箋，學海書局。

50. 《碧山詞箋註》，高金賢箋註，輔仁中研所。

二、文集類

1. 《後村先生大全集》，劉克莊撰，《四部叢刊》本。
2. 《初學集》，錢謙益撰，《四部叢刊》本。
3. 《有學集》，錢謙益撰，《四部叢刊》本。
4. 《曝書亭集》，朱彝尊撰，《四部叢刊》本。
5. 《陳迦陵文集》，陳維崧撰，《四部叢刊》本。
6. 《樊榭山房集》，厲鶚撰，《四部備要》本。
7. 《養一齋文集》，李兆洛撰，光緒四年刊本。
8. 《茗柯文編附茗柯詞》，張惠言撰，《四部叢刊》本。
9. 《茗柯文編附補編外編》，張惠言撰，《四部叢刊》本。
10. 《大雲山房文稿》，惲敬撰，《四部叢刊》本。
11. 《安吳四種》，包世臣撰，文海出版社。
12. 《養一齋集》，潘德輿撰，道光二十九年刊本。
13. 《彊村語業》，朱祖謀撰，世界書局。
14. 《賭棋山莊所著書》，謝章鋌撰，光緒十年刊本。

三、詞話類

1. 《碧雞漫志》，王灼撰，廣文書局《詞話叢編》本。
2. 《能改齋漫錄》，吳曾撰，廣文書局《詞話叢編》本。
3. 《浩然齋雅談》，周密撰，廣文書局《詞話叢編》本。
4. 《詞源》，張炎撰，廣文書局《詞話叢編》本。
5. 《藝苑卮言》，王世貞撰，廣文書局《詞話叢編》本。
6. 《古今詞論》，王又華編，廣文書局《詞話叢編》本。
7. 《七頌堂詞繹》，劉體仁撰，廣文書局《詞話叢編》本。
8. 《古今詞話》，沈雄編，江尚質編，廣文書局《詞話叢編》本。
9. 《西圃詞說》，田同之撰，廣文書局《詞話叢編》本。
10. 《雕菰樓詞話》，焦循撰，廣文書局《詞話叢編》本。
11. 《介存齋論詞雜著》，周濟撰，廣文書局《詞話叢編》本。
12. 《蓮子居詞話》，吳衡照撰，廣文書局《詞話叢編》本。
13. 《樂府餘論》，宋翔鳳撰，廣文書局《詞話叢編》本。
14. 《雙硯齋詞話》，鄧廷楨撰，廣文書局《詞話叢編》本。
15. 《聽秋聲館詞話》，丁紹儀撰，廣文書局《詞話叢編》本。

16. 《賭棋山莊詞話》，謝章鋌撰，廣文書局《詞話叢編》本。
17. 《蒿庵論詞》，馮煦撰，廣文書局《詞話叢編》本。
18. 《芬陀利室詞話》，蔣敦復撰，廣文書局《詞話叢編》本。
19. 《復堂詞話》，譚獻撰，廣文書局《詞話叢編》本。
20. 《論詞隨筆》，沈祥龍撰，廣文書局《詞話叢編》本。
21. 《海綃說詞》，陳洵撰，廣文書局《詞話叢編》本。
22. 《白雨齋詞話》，陳廷焯撰，開明書店。
23. 《人間詞話》，王國維撰，國學整理社出版。
24. 《蕙風詞話》，況周頤撰，國學整理社出版。
25. 《歷代詞話鈙錄》，王熙元撰，中華書局。

四、詩文書類

1. 《詩人玉屑》，魏慶之撰，九思出版社。
2. 《紀批瀛奎律髓》，紀曉嵐批點，佩文書社。
3. 《歷代詩話》，何文煥輯，漢京文化事業出版公司。
4. 《清詩話》，王夫之等撰，西南書局。
5. 《詩言志辨》，朱自清撰，開明書店。
6. 《十八家詩鈔》，曾國藩鈔評，文源書局。
7. 《清代詩學初探》，吳宏一撰，牧童出版社。
8. 《詩經欣賞與研究》，裴普賢撰，三民書局。
9. 《中國詩學鑑賞篇》，黃永武撰，巨流圖書公司。
10. 《文心雕龍注》，黃叔琳校，文史哲出版社。
11. 《中國文學批評史》，郭紹虞撰，盤庚出版社。
12. 《清代文學評論史》，青木正兒撰，開明書店。
13. 《文史通義》，章學程撰，世界書局。

五、史著類

1. 《宋史》，脫脫撰，鼎文書局。
2. 《宋史紀事本末》，陳邦瞻編，三民書局。
3. 《宋遺民錄》，程敏政撰，新興書局，《筆記小說大觀續編》。
4. 《宋代太學及太學生》，王建秋撰，中國學術著作獎助委員會。
5. 《宋史研究集》，宋晞編，中華叢書編審委員會。

6. 《元史紀事本末》，陳邦瞻，三民書局。

7. 《廿二史箚記》，趙翼撰，杜維運考證，華世出版社印行。

8. 《清史》，蕭一山撰，中國文化學院出版社。

9. 《清代通史》，蕭一山撰，商務印書館。

10. 《清史列傳》，王鍾翰點校，中華書局。

六、其他類

1. 《文學研究法》，丸山學撰，郭虛中譯，商務印書館。

2. 《西方美學史》，朱光潛撰，漢京文化事業出版公司。

3. 《文學理論》，韋勒克撰，華倫撰，梁伯傑譯，大林出版社。

4. 《中國近三百年來學術史》，梁啓超撰，華正書局。

5. 《清代學術概論》，梁啓超撰，中華書局。

6. 《清代毗陵名人小傳稿》，張季易撰，新文豐出版公司。

7. 《光緒武進陽湖縣志》，董似穀修，湯成烈等纂，學生書局。

8. 《國朝先正事略》，李元度編，《四部備要》本。

9. 《國朝耆獻類徵初編》，李桓輯錄，文友書局。

10. 《碑傳集》，錢儀吉輯，文海出版社。

11. 《鶴林玉露》，羅大經撰，新興書局，《筆記小說大觀續編》。

12. 《齊東野語》，周密撰，新興書局，《筆記小說大觀續編》。

13. 《宋人軼事彙編》，丁傳靖輯，源流出版社。

14. 《近思錄》，朱熹編，張伯行集解，商務印書館。

15. 《四庫全書總目提要》，紀昀撰，藝文印書館。

七、期刊類

1. 〈詠物詩的評價標準〉，黃永武撰，《古典文學》第一集。

2. 〈中國文學裏的用典問題〉，成惕軒撰，《文學彙刊》。

3. 〈常州文學之回顧〉，顧實惕撰，《國學彙編》第一集。

4. 〈兩宋詞風轉變論〉，龍沐勛撰，《詞學季刊》第二卷第一號。

5. 〈浙西陽羨常州三派詞略論〉，何湞顯撰，《香港新亞書院中國文學系年刊》第三期。

6. 〈常州詞派家法攷〉，鄺士元撰，香港《人生雜誌》第三十三卷第三期。

7. 〈況夔笙蕙風詞話詮評〉，玄修撰，《同聲月刊》第二卷第二號。

8. 〈詞學講義〉，況周頤撰，《詞學季刊》創刊號。

9. 〈論寄託〉，詹安泰撰，《詞學季刊》第三卷第三號。

10. 〈屈原作品中隱喻和象徵的檢討〉，彭毅撰，《文學評論》第一輯。

11. 〈常州詞派之流變與是非〉，任二北撰，《清華中文學會月刊》第一卷。

12. 〈中國詩學史上的言外之意說〉，黃維樑撰，《詩學》第二集（巨人出版社）。

13. 〈元初南宋遺民初述〉，孫克寬撰，《東海學報》第十五卷。

14. 〈陳海綃先生之詞學〉，龍沐勛撰，《同聲月刊》第二卷第六號。

15. 〈海綃說詞〉，陳洵撰，《同聲月刊》第二卷第六號。

16. 〈南北學派不同論〉，劉師培撰，《國粹學報》第七期。

17. 〈試談周濟介存齋論詞雜著〉，念述撰，《文學遺產》增刊第九輯。

18. 〈詞論四題〉，錢鴻瑛撰，《文學遺產》增刊第十四輯。

19. 〈周易與古代文學〉，居乃鵬撰，《國文月刊》第七十四期。

20. 〈離騷解題〉，楊柳橋撰，《文學遺產》增刊第一輯。

21. 〈讀溫飛卿詩集書後〉，溫庭敬撰，《國立中山大學文史學研究所集刊》第三卷第一期。

22. 〈論溫庭筠詞的藝術風格〉，胡國瑞撰，《文學遺產》增刊第六輯。

.